KB275150

다정한 가게

다정한 기세

지치지 않고 좋아하는 일을 계속하는 용기

서울라이터 박윤진 지음

월북

차례

1 / 회사가 내게 가르쳐준 것들

2 / 내 이름으로 홀로서기

이 책을 읽다 보면 어느 글에선가 이런 대사가 나온다. "뒷부분이 아사모사하면 짜치니까 있어빌리티 있게 카피 바리쳐서 오사마리합시다." 광고쟁이라면 금방 알아듣는다는데 방송쟁이인 나로서는 대체 무슨 말인지 전혀 모르겠다. 뒤이어진 설명을 보고서야 겨우 그런 뜻인가 보다 하고 이해할 수 있었다. 20년쯤 전에는 내가 그를 가르쳤는데 지금은 그가 나를 가르친다.

이런 은어 따위는 사소한 것이라고? 그렇지 않다. 설사 은어라 해도 한 분야에서 치열하게 시간을 보낸 사람이 아니라면 결코 모를 일이니. 박윤진은 어느덧 이렇게나 멀리 다다라서 지나온 길의 지혜를 글에 담았고, 나는 이만큼 커버린 제자에게 배우고 또 배운다.

손석희 | 언론인

이 책은 "일은 좋지만 회사는 싫은 당신에게"라는 제목의 서문으로 시작한다. 맞아, 완전 내 얘기야 하며 격하게 공감하는 당신의 얼굴이 보이는 것 같다. 저자 박윤진도 20년 넘게 직장 생활을 하는 동안 그런 마음이었을 테다. 그러나 그는 회사를 나와 프리랜서로 직접 일을 꾸려나가기 시작하며 회사에서 알게 모르게 배운 것이 너무나도 많았음을 깨닫는다.

인생이 기쁨과 즐거움뿐 아니라 슬픔과 노여움까지의 총합인 것처럼, 우리는 힘들고 부끄러운 시간을 통과해 배우고 성장한다. 왜 늘 그때 바로 깨닫지 못하는지 아쉬움이 들지만, 어쩌면 그래서 이런 선배와도 같은 책이 있는 게 아닐까? 실은 나도 그랬지만, 지나고 보니 그 시간에 이런 의미가 있었다고 넌지시 알려주는 존재가 말이다.

이 책에는 카피라이터로 시작해 긴 세월 글을 써온 저자가 직접 깨친 일과 삶의 에센스가 무겁지 않게, 또 센스 있게 담겨 있다. 또 그가 감명 깊게 느낀 카피들도 곳곳에 실려 있어 그것을 읽는 재미도 쏠쏠하다. 하나 하나 읽어나가다 보면 좋아하는 일을 하고 싶지만 회사에 가는 건 막막해 고민하는 세상의 모든 사람, 그중에서도 카피라이터와 광고쟁이의 일에 특히 관심 있는 이름 모를 후배들이 떠오르는 듯하다.

최인아 | 최인아책방 대표, 전 제일기획 부사장

다정이란 좋은 사람의 몫이고 기세란 강한 사람의 몫이라 믿었다. 둘을 하나로 합칠 생각을 난 왜 여태 못 해봤을까? 알고 보면 다정도, 기세도 성실이 근본인데. 책 속에서 만나게 되는 다양한 경험 사이에서 새삼 깨닫는다. 의외로 나는 좀 더 열심히 살고 싶다는 것, 막연했던 꿈들을 하나하나 현실로 옮겨보고 싶은 열의가 내 안에도 있었다는 것. 『다정한 기세』가 그런 이야기이기 때문이다.

긴 광고 회사 경력, 프리랜서로 홀로서기, 캐나다에서의 디지털 노마드 생활, 대학원 진학에 이르기까지 꾸준히 새로운 꿈을 꾸고 부지런히 다음으로 나아가는 기쁨이 장마다 넘실거린다. 그러니 살아갈 힘을 다 써버린 것 같다고 느낄 때 이 책을 펼쳐야겠다. 마음의 비타민, 그것도 종합 비타민이라고 할까. 어떤 페이지를 열든 오랫동안 성실하게 일해온 사람이 전하는 응원의 마음이 가득하다. 알고 보면 우리에게도 힘이 있다. 그저 살아갈 만큼만이 아니라 끊임없이 성장할 수 있을 정도의 힘. 이 책이 그 사실을 일깨워 주었다.

박서련 | 소설가

일은 좋지만
회사는 싫은 당신에게

추운 겨울, 우연히 마주친 붕어빵 가게 앞에서 지갑을 찾아 주머니를 더듬을 때마다 떠오르는 문장이 있다.

"누구나 가슴에 3000원쯤은 품고 다니는 거예요."

어느 드라마에서 시작된 이 말을 직장인 버전으로 바꾸면 '누구나 가슴에 사직서 하나씩은 품고 다니는 거예요'일지 모른다. 드라마로 직장 생활을 배운 사회 초년생 시절, 나는 정말로 직장인들이 사무실 서랍 칸에 사직서를 넣어두고 다니는 줄 알았다. 처음 퇴사를 준비할 때도 고민했다. 봉투에 '사직서'라는 글자를 한

자로 써야 하는지 한글로 써야 하는지, 그리고 사직서
에는 대체 무슨 말을 써야 하는 건지.

다행히 인사팀에선 '사직원'이라는 전자 문서를 보
내줬고, 정해진 양식에는 이미 "다음과 같은 이유로 퇴
사합니다"라는 문장이 적혀 있었다. 드라마 주인공처
럼 멋지게 서류를 던지고 우유히 회사를 나오는 장면
같은 건 없었다. 우리의 직장 생활이 늘 그렇듯 퇴사 역
시 드라마처럼 폼 나는 결말은 아니었다.

퇴사하기 딱 좋은 숫자가 됐다는 생각이 든 건 직
장인 20년 차가 된 해였다. 나가야 할 이유보다 남아야
할 이유가 많았지만 이제는 오래 몸담은 조직 생활을
끝내기로 결심했다. 퇴사 후 독립은 나의 오랜 로망이
었다. 떠나고 싶은 여행지가 있을 때 엽서나 그림을 걸
어두듯 언젠가부터 나는 책상 한편에 한 권의 책을 세
워두고 지냈다. 제목은 『퇴사하겠습니다』. 이나가키 에
미코라는 기자 출신 작가가 일찍 은퇴한 후 적게 벌고
적게 먹으며 소박한 행복을 찾아가는 이야기다.

일이 싫어서 퇴사를 꿈꾼 건 아니었다. 오히려 그
반대였다. 나는 더 오래 일하고 싶어서 회사를 나왔다.
직장 생활은 줄 맞춰 오르는 산행 같았다. 모두가 정상
을 향해 오르지만 그 끝에 펼쳐지는 건 꿈꾸던 무릉도

원이 아닌 절벽이었다. 위로 올라갈수록 길은 좁아지고 공기는 희박해졌으며 사람들은 서로를 경계했다. 나는 함께 걸으며 나아가는 게 좋았는데 올라갈수록 남을 밟고 올라서야 살아남을 수 있었다. 결국 나는 그 길을 벗어나 나만의 길을 찾아나섰다.

숲을 벗어나야 숲이 보이고 사랑이 떠나야 사랑이 보이듯 일을 떠나니 일이 보였다. 기쁨과 슬픔, 영광과 상처, 보람과 좌절. 물에 젖은 종이 뭉치처럼 여러 감정으로 뭉쳐 있던 직장 생활은 한걸음 벗어나니 그제야 형체가 드러났다. 밀려드는 업무와 몰아치는 시간을 버텨내느라 정작 내가 일을 통해 얼마나 성장했는지는 깨닫지 못하고 있던 것이다. 이렇게 쓸데없는 걸 왜 해야 하지? 이렇게 의미 없는 걸 왜 시키는 거지? 답답하게 여기던 모든 일이 결국 나를 키웠다는 걸 회사를 떠난 후에야 비로소 깨달았다. 함께 일한 동료들, 사소하게 부딪힌 사람들, 치열하게 고민하고 싸운 순간이 모두 나를 키운 스승이었다. 일하며 배운 모든 것이 회사 밖에서 홀로 설 수 있게 해준 든든한 자양분이었다.

이 책에는 오랜 직장 생활 속에서 배운 일 이야기, 퇴사 후 회사 밖에서 발견한 일의 의미, 덜렁 노트북 하나 들고 국경을 넘어 멀리 캐나다에서 일한 나날, 그리

고 일과 일상 사이에서 찾은 소소한 이야기가 담겨 있
다. 앞으로 할 이야기는 대단한 성공을 이룬 사람이 전
하는 교훈도 아니고, 수백 억 자산가가 전하는 성공 지
침도 아니다. 강렬한 자기계발서라기엔 온도가 낮고 엄
중한 회고록이라기엔 거창한 인생을 살지 못했다. 이
글들은 그저 지금 당신처럼 일을 사랑하고 잘하고 싶어
고민하는 마음에 대한 기록이다. 늦게 눈 뜬 아침에 막
히는 도로 위에서 발을 동동 구르며 팀장님께 눈물의
카톡을 보내는, 인기 점심 메뉴를 먹기 위해 10분 일찍
엘리베이터로 돌진하는, 퇴근길 지하철 차창에 비친 다
크서클을 바라보다 비슷비슷한 얼굴로 비슷비슷한 하
루를 견뎠을 옆 사람에게 말없이 응원을 보내는 당신
같은 누군가의 이야기다.

　　오늘도 매일의 나를 갈아 넣으며 '이렇게 사는 게
맞는 걸까? 이렇게 일하면 뭐가 남을까?' 고민하는 당
신에게 부디 이 마음이 닿기를 바란다. 그 고민은 혼자
만의 것이 아니며 버텨내는 하루하루가 결코 의미 없이
흘러가는 것이 아님을, 우리는 조금씩 강해지고 있음
을, 매일의 부침이 긴 인생을 헤쳐나갈 자기만의 힘을
쌓는 여정임을. 그렇게 다정한 기세로 이 책이 한 통의
편지가 되어 당신에게 닿기를 바라본다.

1

회사가 내게

가르쳐준 것들

카피라이터라는 낭만

조금 특별한 모임을 알리는 초대장을 받은 적이 있다. 재직 중인 회사의 모든 카피라이터가 한자리에 모인다는 소식이었다. 새롭게 입사해 적응하느라 눈치를 살피며 고군분투하던 내겐 희소식 중 희소식이었다. 소식을 들곤 곧바로 탁상 달력에 동그라미를 치며 제발 이날만은 야근하지 않게 해달라고 세상의 모든 신께 기도했다.

모임 장소는 회사 근처 작은 주점. 옛날 대학가에 있었다면 학생들의 사랑방 역할을 톡톡히 했을 것만 같은 푸근한 분위기였다. 문을 열자 오래된 책방에 가야 맡을 수 있을 법한 시간과 낭만의 냄새가 풍겼다. 주점 안쪽 작은 방에 들어서니 벌써 스무 명 남짓한 카피라이터가 자리를 잡고 앉아 있었다.

테이블마다 전통주와 따끈한 국물 요리가 올려졌지만 사실 그날의 진짜 메뉴는 '이야기'였다. 시간이 무르익자 모임을 기획한 선바님이 일어나 첫마디를 꺼냈다.

"자, 한 사람씩 이름이랑 소속 말하면서 자기소개를 해볼까요?"

입사 전부터 이름을 알 정도로 동경하던 선배들도 있었고 처음 보는 얼굴들도 있었다. 흥미로운 건 여기 모인 카피라이터들의 시작이 비슷비슷했다는 것이다.

"사실 저는 원래 기자가 꿈이었는데….."

"저도 기자 시험을 준비하다가 우연히 카피라이터가 있다는 걸 알고….."

"저도 실은 기자를….."

한바탕 웃음이 터졌다. 그때는 글 쓰는 직업하면 떠오르는 게 기자뿐이었던 걸까. 지금도 카피라이터라는 직업이 아주 대중적인 건 아니다. 여전히 많은 사람이 "카피라이터가 뭐 하는 직업이에요?" 묻곤 한다. 나도 처음부터 이 직업을 꿈꾼 건 아니었다. 어릴 때는 방송반 활동을 하며 막연히 TV 프로그램을 만드는 사람이 되고 싶어 PD라는 직업을 꿈꿨다. 그러다 카피라이터라는 직업이 있다는 친구의 우연한 말에 흥미를 느낀 것이다. '라이터writer'라는 단어에 이상하게 마음이 갔다. 어릴 때부터 TV광고 카피를 줄줄 따라 외우던 나였기에 카피를 쓰는 일이 더욱 매력적으로 느껴졌다. 그리고 카피라이터의 꿈을 키우며 틈틈이 챙겨 보던 사보 속 사람들이 지금 내 눈앞에 앉아 있었다.

그날 모임에는 특별한 준비물이 하나 있었다. 회비도 명함도 아닌 우리가 가져와야 할 단 한 가지는 바로 '가장 좋아하는 시'였다. 자기소개를 마친 사람들은 다들 부스럭부스럭 종이를 꺼내 자기가 가장 좋아하는 시 한 편을 낭독했다. 처음 듣는 작품도 있었고 익숙한 작품도 있었지만 어느 것 하나 마음을 울리지 않는 게 없었다.

어떤 시를 준비할까 여러 날을 고민하다 내가 결국 고른 건 네스카페 브랜드 광고에 쓰여 유명해진 다니카와 슌타로의 〈아침 릴레이〉였다. 이 시는 '좋은 아침입니다'라는 한 줄 카피가 덧붙은 광고로도 만들어져 일본의 권위 있는 광고제에서 대상을 수상하기도 했다.

캄차카의 젊은이가

꿈에 기린을 보고 있을 대

멕시코 아가씨는

아침 안개 속에서 버스를 기다린다

뉴욕에서 잠든 소녀가

미소 지으며 몸을 뒤칠 때

로마의 소년은

기둥머리를 물들이는 아침 해에 윙크한다

이 지구에서는

늘 어디선가 아침이 시작되고 있다

우리는 아침을 릴레이한다

경도經度에서 경도로

교대로 지구를 지키는 것이다

잠들기 전 잠시 귀를 기울여보면

멀리서 우는 자명종 소리

그것은 당신이 보낸 아침을

누군가 단단히 받았다는 증거다

다니카와 슌타로, 『사과에 대한 고집』, 요시카와 나기 옮김, 비채, 2015.

뜨끈한 바닥에 철퍼덕 마음을 내려놓고 술잔에 시를 담아 마시며 낭만적인 시의 릴레이가 이어지던 겨울밤이었다. 누군가 마음에 들어온 시의 구절을 이야기하면 미소와 끄덕임으로 답하는 포근한 마음의 릴레이. 시를 읽던 그 밤은 직장 생활이라는 긴 터널을 지나다 우연히 마주친 작은 하늘처럼, 회사에서 좀처럼 만나기 힘든 낭만의 한 페이지로 기록되었다. 그날의 공기와 함께 나눈 대화의 온도는 오래도록 내 마음에 남아 있다.

> **모든 추억은
> 사람의 시간과 장소로 이루어져 있다.**
>
> 리쿠르트 핫페퍼 포스터 (2009)

내 성장의 한 시절을 함께한 J기획에 가고 싶었던 이유는 분명했다. 그건 바로 나의 '광고 아이돌'이 거기 있었기 때문이다. 그 시절 인생에서 가장 닮고 싶은 인물은 바로 그분이었다. 지금은 이름난 책방의 대표로 더 유명한 카피라이터, 최인아 선배님. '**그녀는 프로다, 프로는 아름답다**' 같은 그의 카피는 내게 새로운 삶의 지향점을 열어주었다. 카피라이터가 되겠다고 마음먹은 것도 사실 그 광고 때문이다. 그런 그를 인생 처음으로 만나게 된 건 바로 영광스러운 면접장에서였다.

원하는 회사에 입사한 경험이 있는 사람이라면 최종 면접을 앞둔 기분 좋은 긴장감이 뭔지 잘 알 것이다. 1차 팀장 면접, 2차 본부장 면접, 3차 고연차 카피라이터 면접을 거쳐 드디어 마지막 관문인 임원 면접만 남은 상황. 긴 여정의 마무리를 앞둔 나는 갓 상경한 시골 쥐처럼 면접장 주변을 탐색하며 고요한 압박감을 즐기고 있었다. 임원들이 머무는 층이라 그런지 곳곳에서 단련된 취향이 느껴졌다. 묵직한 대리석 바닥, 세련된 가구와 소품들. 화장실 핸드워시마저 고급스러웠다.

문을 열고 들어간 면접장에서 내 자리는 창문을 등진 의자였고, ㄱ 자 형태의 소파엔 임원 여러 명이 앉아 있었다. 면접은 생각보다 자연스럽게 대화하는 분위기였다. 가볍게 인사를 한 후 자리에 앉은 나는 슬그머니 면접관들을 살폈다. 그렇게 한 명 한 명 스치다 보니 시선 끝에 바로 그가 있었다. 나의 광고 아이돌! 하지만 감격도 잠시, 팬 미팅 현장에 온 듯 마음이 벅차오르던 순간에 상황은 숨 돌릴 틈 없는 속사포 면접으로 바뀌었다. 탁구대 앞에서 5 대 1로 핑퐁 대결을 펼치듯 쉴 새 없이 질문이 쏟아졌고, 질문이 꼬리에 꼬리를 물고 이어진 탓에 답을 제대로 고민할 시간도 멋지게 포장할 여유도 없었다.

“지난 면접 자료에 근성이 있다고 써 있네요. 이유가 뭔가요?”

“아마 제가 ‘군대에 입대하는 마음으로 지원했다’고 해서 그런 것 같습니다.”

“입사하면 까다로운 광고주가 많을 텐데, 지금까지 맡았던 브랜드 중 가장 힘든 곳은 어디였나요?”

“여러 까다로운 브랜드를 맡아왔는데요(차라리 안 힘들었던 데를 꼽는 게 빠를 것 같지만…), 지금 떠오르는 곳은 ○○○입니다.”

여러 질문이 오가는 동안 그분은 유독 아무 질문도 하지 않으셨다. 나에게 관심이 없어서 아무것도 물어보지 않는 걸까 싶어 풀이 죽어가던 참에 드디어 기다리던 목소리가 들려왔다.

“아이디어가 나오지 않을 땐 어떻게 하세요?”

뽐내는 질문도 압박하는 질문도 아니었다. 크리에이터로서의 태도를 묻는 다정한 질문이었다. 나는 신이 나서 답했다.

“저는 새로운 걸 배우면서 영감을 얻습니다. 최근엔 기타, 요가, 드로잉을 시작했고 시간이 나면 스포츠댄스도 배우고 싶습니다.”

누구도 궁금해하지 않을 정보까지 곁들이며 호들

갑을 떤 게 살짝 후회되긴 했지만 어쨌든 분위기는 유쾌하게 마무리됐다. 그리고 얼마 후 나의 아이돌은 새로운 회사의 상사가 되었다. 하지만 안타깝게도 내겐 너무 높은 분이었기에 입사 후 직접적으로 일할 기회는 찾아오지 않았고, 사보에 쓰시는 글을 읽거나 엘리베이터에서 우연히 마주치는 정도가 전부였다. 한두 번 식사 자리도 있었지만 나를 기억하진 못하셨다. 퇴임 후에도 몇 번이나 책방을 찾아가 인사를 드렸지만 그때도 번번이 나를 기억하지 못하셨다. 하지만 괜찮았다. *누군가를 좋아한다는 건 그 사람의 모든 기억 속에 남겠다는 뜻이 아니니까.* 상대가 기억하지 못한다면 내가 하면 된다.

나는 여전히 최인아 선배님의 글과 인생과 분위기를 좋아한다. 아직도 카피를 쓸 때 그분이라면 어떻게 썼을지, 어떤 전략을 택했을지 떠올려보기도 한다. 그러다 가끔 책방에서 우연히 마주치면 먼발치에서 혼자 반가워하며 조용히 팬심을 이어가고 있다. 언젠가 알아봐주신다면 좋겠지만 여태 그랬듯 모르셔도 좋다. 그저 지나온 길을 뒤돌아볼 때, 그 길 멀리에 당신을 나침반 삼아 따라 걷던 한 사람이 있었다는 걸 알아주시는 것만으로 충분하다.

너는 아마 눈치채지 못하고 있을 거야.
너의 땀을 보고 있는 사람이 있어.
네가 누군가의 땀을 보고
힘을 얻었던 것처럼.
땀은 흘러서 끝나는 게 아니야.
땀은 너 혼자만의 것이 아니야.
너는 분명, 누군가의 태양.

포카리스웨트 TV광고 (2025)

트렌드를 공부하는 트렌드

예전에 팀원들이 써온 카피를 살펴보던 중 낯선 단어 하나가 눈에 띈 적이 있었다.

"플렉스? 이거 오타 같은데. '플렉서블flexible'을 잘못 쓴 거 아니야?"

그러자 팀원의 눈빛이 순간 긴장에서 한심으로 바뀌었다.

"플렉스…라고 요즘 많이 쓰는 단어예요."

나만 모르는 게 아니라고, 모르는 게 당연한 거라고 지푸라기라도 잡는 심정으로 여기저기 물어보았으

나 돌아온 답은 처참했다.

"당연히 알죠. 〈쇼미더머니〉에 나오잖아요."

모르면 검색부터 해볼걸. 잘못 쓴 게 아닐까 굳이 짚고 가려던 꼰대 마인드가 발등을 찍었다. 이제는 돈이나 소비로 자기 능력을 과시한다는 뜻의 플렉스라는 말이 일상어처럼 쓰이고 있지만 당시 내겐 생소한 단어였다. 업무의 쓰나미 속에서 허우적대느라 TV나 트렌드를 따라잡을 겨를이 없었기 때문이다.

결국 내가 이런 선배가 되다니. 그토록 되고 싶지 않았고 행여 될까 두려웠던 올드한 선배 대열에 방금 티켓을 끊고 들어온 것이다. 충격에 눈앞이 캄캄해졌다. 예전엔 인기 있는 드라마나 예능 몇 편만 좀 챙겨보면 밀린 트렌드 진도를 금서 따라잡을 수 있었지만 아름답던 그 시절은 지나간지 오래. 넷플릭스, 유튜브, 틱톡, 인스타그램, 디즈니플러스, 왓챠, 쿠팡플레이… 수많은 콘텐츠가 하루가 멀다 하고 미친 속도로 쏟아져 나오고 있었다.

과거에는 잘 쓴 카피가 곧 유행어가 되는 시대였기에 능력 있는 카피라이터란 자신만의 언어를 가진 사람이었다. 하지만 오늘날 능력 있는 카피라이터는 사람들이 좋아하는 언어를 빠르게 캐치하는 사람이다. '빨리빨리 민족'은 영상을 두 배속으로 소비하는 '빨빨빨리의 민족'이 되고 말았기에 카피라이터는 단 몇 초만에 흥미를 끌어야만 한다. 요즘 인기 있는 유행어가 뭔지, 사람들이 혹하는 트렌드가 뭔지 안다는 건 마케팅이라는 전쟁터에서 승리를 거머쥘 수 있는 유리한 무기다.

그날 이후로 나는 나름대로의 돌파구를 찾아나섰다. 트포자(트렌드를 포기한 자)가 될 수는 없다는 결연한 의지로 인생의 낭비라 여기던 SNS를 시작한 것이다. 특히 효과를 톡톡히 본 건 인스타툰이었다. 사람들에게 보여주고픈 순간을 찍어 인생의 하이라이트만 업로드하는 인플루언서들과 달리 인스타툰은 솔직하고 담백했다. 10대부터 50대까지 다양한 연령의 사람들이 직접 겪은 재밌는 사건이나 공감 가는 이야기를 몇 컷의 그림으로 공유했다. 그 속에는 요즘 쓰는 생생한 언어와 주제들이 살아 있었다. 원하는 모습과 한계를 '추구미'와 '도달미'라고 하는구나. '낮말은 새가 듣고 밤말은 라면 먹고 싶다'라니 재밌네. 디저트는 조지는 거고 키스는 갈기는 거구나….

SNS로 틈틈이 트렌드 특훈을 주입하며 노력한 나는 어느새 유행 밈을 간파하고 트렌드 능력고사 테스트 상위권에 이름을 올리는 트잘알로 거듭나기에 이르

렀다. 간혹 모르는 신조어를 맞딱뜨려도 당황하지 않고 재빠르게 검색하는 스킬도 획득했다. 하지만 가끔은 이렇게 트렌드를 놓치지 않으려 발버둥 치는 내가 유행 지난 스냅백을 쓴 부장님처럼 느껴지기도 한다. 오늘 치 트렌드를 겨우 따라잡아도 문 앞에서 기다리는 새로운 신조어와 밈을 마주해 지치기도 하며 말이다.

속세를 떠나 자연 속에서 살아가는 사람 중엔 은근 광고 회사 출신이 많다. 〈나는 자연인이다〉에 등장하는 이들, 깊은 산 속에 작은 오두막집을 짓고 사는 다큐 속 사람들. 시골에서 조용히 가구를 만들던 장인의 과거를 파헤쳐보면 한때 광고인이었던 경우가 더러 있다. 나도 최신 것들에 치일 때마다 "진짜 일 그만두면 개량 한복 입고 홀치기염색하면서 뒷산에서 따다 말린 국화 동동 띄운 차 마시며 살 거야" 같은 농담을 하곤 한다. 정말 이렇게 살라고 하면 눈물을 흩뿌리며 맨발로 뛰쳐나올 게 뻔한데 말이다.

언젠가 카피라이터라는 일을 마무리한다면 그때는 세상의 흐름과 동떨어져 초연하게 살고 싶다. 그저 마음이 흐르는 대로 나만의 시간을 쌓으면서 유유자적하게. 하지만 그건 언젠가의 일일 뿐, 오늘도 요즘 뜨는 힙한 곳과 인기 팝업을 검색하고 새로 데뷔한 아이

돌 멤버와 최근 가장 높은 조회 수를 기록한 콘텐츠를
탐구한다. 거친 유속으로 흐르는 트렌드라는 물살 아래
두 발을 아등바등 움직이며 조금은 눈물겹게 오늘도 나
는 카피라이터로 살고 있다.

눈이 쌓이듯
한 문제 한 문제의 노력이
네 안에 차곡차곡 쌓여간다.
"힘내라, 나 자신."
되고 싶은 나를 향해.

와세다아카데미 포스터 (2019)

이 글은 2022년 4월 18일 《여성동아》에 게재한 글을 바탕으로 수정 및
보완하였습니다.

크리에이티브 근력 기르기

뇌에는 근육이 없다. 하지만 몸을 쓸수록 근육이 붙듯 머리도 쓸수록 크리에이티브 근육이 강해진다. 사실 나도 원래는 창의력 근육이 부족한 약골 크리에이터였던 터라 잘하고 싶은 마음만큼 결과물이 따라주질 않았었다. 제작 회의를 앞두고는 언제나 고만고만한 발상들만 머리를 맴돌았고, 순간 떠오르는 대로 얕은 생각들을 정리하다 보니 어디서 본 듯한 아이디어와 어쩐지 읽은 것 같은 카피들만 회의에 가져가게 됐다.

광고 회사 초년생 시절의 나는 최선의 정도를 잘

몰랐다. 이번엔 진짜 좋은 아이디어를 내보겠다며 책상에 앉아 하염없이 시간을 보냈지만 좋은 생각은 안 나고 머릿속만 답답했다. 꽉 막힌 도로처럼 정체된 생각을 풀어보려고 집중할수록 머리에선 열만 나고 벼락 같은 피로만 몰려들곤 했다.

이제 와 생각해보면 그 순간이 바로 크리에이티브 근육을 강화하는 시간이었다. 뇌과학에서 창의성이란 중복 신경망의 과부하가 만들어낸 별종 신경이라고 한다. 별종 신경이 만들어질 때까지 신경망을 과부하시키는 것, 그게 바로 창의력을 키우는 근육 운동인 것이다. 어느덧 20년 이상 경력의 어엿한 카피라이터로 살아가는 지금은 나만의 크리에이티브 근력 운동 루틴을 꾸준히 수행해나가고 있다.

먼저 본격적으로 아이디어를 내기 전 머릿속 스트레칭 시간을 갖는다. 운동 전 굳은 근육을 푸는 것처럼 머릿속도 가볍게 풀어줘야 한다. 굳은 머리를 부드럽고 유연하게 만드는 가장 쉬운 방법은 가벼운 읽기다. 꾸준히 운동을 하기 시작하면 몸의 변화가 느껴지듯 책을 세 권 이상 꾸준히 읽으면 뇌가 말랑말랑해지는 기분을 느낄 수 있다.

머릿속을 풀어주는 스트레칭을 마치고 나면 언어

근육 활동을 촉진하는 크리에이티브 유산소 운동을 시작한다. 이 시간엔 주로 좋아하는 책의 문장을 필사하는데 확실히 두뇌 회전 속도가 빨라지는 느낌이 든다. 눈으로 읽고 끝내는 것보다 손으로 기록하며 읽는 게 확실히 더 오래 기억에 남는다. 좋아하는 작가의 문장을 따라 써보면 그들의 생각과 문장 리듬을 체화하는 데도 큰 도움이 된다. 이 문장을 적을 땐 어떤 기분이었는지, 어떤 의도로 이 단어를 택했는지 작가의 심정을 헤아리며 사각사각 펜을 움직이다 보면 어느새 새로운 생각이 샘솟기 시작한다.

좋은 문장을 읽고 반복적으로 새겨 넣다 보면 슬슬 나도 뭔가 쓸 수 있을 것 같은 자신감이 생긴다. 그럼 이제 생각의 근력 운동에 집중할 차례다. 일단은 크고 깨끗한 종이에 아무 말이나 생각을 쏟아붓는다. 마인드맵 형태로 뻗어나가는 생각의 가지를 그려도 좋다. 핵심은 생각 없이 생각을 뱉어내는 것이다. 그러면 본 듯한 단어, 내가 봐도 별로인 표현, 평범하기 이를 데 없는 문장, 도저히 쓸 수 없는 이상한 생각들이 마구잡이로 쏟아져 나온다. 그렇게 수많은 생각의 불순물을 걷어내면 언젠가부터 불쑥불쑥 맑은 생각이 떠오르기 시작한다. 그렇게 계속 쓰며 단단한 땅을 곡괭이로 파내듯 이

쪽으로 저쪽으로 계속 생각을 파낸다.

마지막으로 꼭 필요한 단계는 정리 운동이다. 잠시 시간을 두고 쏟아낸 생각들을 살펴보면 의외로 괜찮은 것도 있고 괜찮다 싶던 게 별로인 것도 있다. 새로운 시각으로 이런저런 생각들을 살펴보고 살릴 만한 것들을 따로 묶으며 아이디어의 틀을 잡는다. 큰 콘셉트가 잡히면 그다음에 세부적으로 카피를 정리하는 과정을 거친다.

이 모든 것의 핵심은 꾸준한 반복 운동이다. 조금만 방심해도 근 손실이 일어나듯 크리에이티브 근육도 반복적으로 단련하는 게 중요하다. 식단 관리를 하듯 좋은 콘텐츠들을 섭취하고 쓰는 감각을 놓치지 않기 위해 자신만의 공간에 계속 글을 쓰는 것이 좋다. 결국 '반복적으로, 꾸준히, 오래'가 답인 셈이다. 무라카미 하루키는 매일 아침 여섯 시간씩 글을 썼고, 강수진은 프리마 발레리나가 된 후에도 매일 열 시간 이상 연습했다. 데이비드 호크니는 아흔의 나이에도 하루에 한 장씩 그림을 그린다. 세계적인 거장들도 이렇게 매일 갈고 닦는 데 나 같은 범인이 무슨 다른 도리가 있을까. 처음에 근력 운동을 시작하면 5킬로그램짜리 덤벨도 무겁지만 꾸준히 하다 보면 조금씩 더 무거운 것을 들 수 있지 않은가. 달리기도 마찬가지다. 처음엔 1킬로미터도 힘들지만 꾸준히 달리다 보면 점점 더 오래, 더 멀리 달릴 수 있게 된다.

조금 힘들더라도 계속하다 보면 언젠가는 만나게 된다. 내 안의 숨어 있던 가능성을 발견하는 기쁨을, 어쩐지 실력이 느 것 같은 뿌듯함을, 생각을 풀어내는 속도가 점점 빨라지는 놀라움을. 하루하루 쌓인 노력은 어느 순간 분명히 우리를 바꾼다.

습관이 된 노력을
실력이라고 부른다.

가와이학원 포스터 (2011)

"뒷부분이 아사모사하면 짜치니까 있어빌리티 있게 카피 바리쳐서 오사마리합시다."

이 무슨 외계어인가 싶지만 광고 회사에 몸담았던 사람이라면 단박에 이해할 것이다. 이 말은 뒷부분이 어사무사하게 애매하면 촌스러우니 세련되게 카피를 여러 버전으로 만들어서 잘 정리하자는 뜻이다. 직장 생활을 하면 할수록 언어에도 사회성이 생긴다. 눈치와 배려 사이 어딘가의 지점에서 상대방의 마음을 읽을 수 있는 능력이 생겨나는 것이다. 일을 하다 보면 필요한 순간에 마음을 읽을 수 있는 초능력을 주시면 안 될지 신에게 읍소하고 싶은 심정이 될 때가 많다. 사람의 마음을 읽고 움직이는 능력, 나는 이것을 '마음 리터러시'라고 부른다. 디지털 미디어를 다루는 능력을 디지털 리터러시, 데이터를 해석하는 능력을 데이터 리터러시라고 하듯 광고 일을 하려면 사람의 마음을 읽는 마음 리터러시가 필요하다.

사회 초년생 시절의 나는 회사라는 낯선 세계에서 통용되는 직장어를 배우지 못한 이방인이었다. 직장어에 서툴다 보니 생각과 의견을 세련되게 표현하는 방법을 잘 모르기도 했고, 선배와 팀장의 의견에는 반기를 들지 않는 게 옳은 태도라고 지레짐작하기도 했다. 상대가 듣고 싶어 하는 말만 하는 것이 직장어의 고급 능력이라고 생각한 나머지 침묵으로 동의하거나 '좋습니다'만 앵무새처럼 되풀이하다 본심을 숨긴 적도 있다.

하지만 광고 업계에서 팔리는 광고를 만들려면 먼저 사는 사람의 마음을 섬세하게 들여다볼 줄 알아야 한다. 어떤 표현이 타깃의 마음을 열고 어떤 메시지가 행동을 변화시키는지 읽을 줄 알아야 한다는 뜻이다. 왜 이 제품을 쓰지 않는지, 경쟁 제품을 쓴다면 왜인지 말이다. *계속해서 사람의 마음을 캐묻고 탐구하지 않으*

 마음 리터러시를 높이려면 더 많은 사람을 섬세하게 살피고 마음을 헤아리는 습관이 중요하다.

가끔씩은 회사 밖에서도 마음 리터러시가 상당한 사람을 만날 때가 있다. 자연스럽게 타인의 시선으로 세상을 보는 사람. 캐나다에 살며 외국 생활에 적응하던 시기에 한 배우의 인터뷰에서 그런 장면을 목격한 적이 있다. 그때 TV에선 마침 토론토 영화제를 찾은 한국 배우들의 인터뷰가 방송 중이었다. 리포터가 배우들에게 마지막으로 던진 질문은 "토론토 교민 여러분께 한마디 해주세요"였다. 대부분이 자신이 출연한 영화를 많이 사랑해달라는 일반적인 홍보 멘트를 이어가고 있었는데 박서준 배우가 조금 특별한 대답을 남겼다.

"외국살이가 참 쉽지 않으실 텐데 다들 힘내시길 바라겠습니다."

당시 내가 캐나다에 살기 시작하며 어려움을 느낄 때여서일까. 그의 다정한 답변이 괜히 찡하고 고맙게 들렸다. 함께 일해본 적은 없지만 그는 분명 평소에도 남을 배려하고 존중하는 성격의 사람일 것이다.

그럼 마음 리터러시를 높이려면 어떻게 해야 할까? 사람의 마음을 읽고 싶다면 우선 사람을 향한 마음을 가져야 한다. 살면서 가장 사람 마음이 궁금할 때는 누군가를 좋아할 때다. 이 메시지의 의미는 뭘까, 방금 한 말의 진의는 뭘까, 나를 보고 웃은 게 맞을까. 상대의 마음이 궁금할 때 우리는 일거수일투족을 살피고 마음속을 탐구한다. 이처럼 설득하고 싶은 누군가를 좋아하는 마음으로 바라보고 관심을 기울이다 보면 자연스럽게 마음 리터러시 감각이 생겨나게 되지 않을까. 공감이 쌓이면 감각이 되고 감각이 쌓이면 능력이 된다. 그렇게 조금씩 감각을 다져가다 보면 어느샌가 분명 사람의 마음을 읽는 눈을 갖게 될 것이다.

> **마음이 움직인다.**
> **모든 것이 움직인다.**
>
> 이세탄백화점 신문광고 (2012)

무심코 핸드폰 화면을 스크롤하던 어느 날, 한 일본 야구 선수의 서툰 영어 인터뷰 영상이 눈에 들어왔다.

기자: What happen to you?

(무슨 일이 있었나요?)

선수: Just cramp.

(그냥 쥐가 났어요.)

기자: You told me what can you eat to help you

make you feel better?

(그럴 때 뭘 먹으면 도움이 되나요?)

선수: Bananas.

(바나나요.)

기자: Why bananas?

(왜죠?)

선수: Monkey never cramps.

Because a monkey everyday bananas, two.

(원숭이는 결코 쥐가 나지 않아요.

왜냐면 매일 바나나를 먹거든요, 두 개.)

기자: No more cramp for you.

(더 이상 쥐가 나지 않겠군요.)

선수: I need three banara.

Because a monkey, never, cramps.

(저는 바나나 세 개가 필요해요.

왜냐면 원숭이는, 결코, 쥐가, 나지 않으니까요.)

당시 영상 조회 수는 528만. 가와사키 무네노리라는 일본 야구 선수가 부족한 영어지만 기세 넘치게 답한 인터뷰 영상의 댓글은 칭찬 일색이었다. 역시 언제 어디서건 자신감 넘치는 사람은 매력적이다.

어릴 적 나는 천하제일 약한 기 선발 대회 같은 게

있다면 유력 우승 후보였을 정도로 기가 약한 편이었
다. 달리는 버스에서 하차 버튼 누르는 게 부끄러워 내
릴 정류장을 지나쳤고, 미용실에선 파마 기계가 뜨거워
도 말을 못해 머리가 타들어갔다. 그렇다. 기존세 반대
편에 있는 기존약 인간이 바로 나였다.

　　그랬던 나도 직장 생활 10년 차를 넘어서자 종종
기가 세 보인다는 말을 듣게 됐다! 그즈음부터 인파가
많은 곳에 가면 꼭 한번씩 붙잡던 '도를 믿으십니까' 사
람들로부터도 해방되었다. 그리 되기까지는 오랜 기 강
화 훈련 코스와도 같았던 회사의 역할이 꽤 컸다. 심약
한 기세를 끌어올리고 싶었던 당시의 나는 몇 가지 훈
련을 개발했었다.

　　먼저 매일 아침 출근길부터 기세를 끌어올려줄 자
기 암시용 응원가를 듣는 것부터가 시작이다. 이제 막
새로운 회사에 입사했거나 팀을 이동한 사람이라면 특
히 유용한 스킬이다. 겉으로 쉽게 드러나지 않는 묘한
텃세의 기운에 밀리지 않으려면 출근길부터 신나는 셀
프 응원가를 들으며 경쾌하게 들어서야 한다. 뇌는 의
외로 단순해서 긍정적인 가사가 반복되면 진짜인 줄
알기 때문이다. 기 게이지가 바닥을 칠 때는 새 힘이
샘솟는 페퍼톤스의 〈Ready, Get, Set, Go!〉나 세상을

깔보면서 짓밟아줄 것 같은 블랙핑크의 〈뛰어〉 같은 노래를 불러보자. 떨어지는 기운의 멱살을 잡아 끌어올릴 수 있다.

중요한 프레젠테이션을 앞두고 있다면 기력은 더 쉽게 떨어지기 일수다. 그런 날엔 해피엔딩 시뮬레이션을 시도해보자. 사주에 발표살이라도 있는 사람처럼 사원 때부터 임원에게 보고할 일이 너무나 많았던 나는 긴장을 누그러뜨리고 단숨에 기세를 올리는 방법을 찾아냈는데, 그게 바로 해피엔딩 시뮬레이션이다. 핵심은 프레젠테이션 전에 미리 겁을 먹고 실수하거나 실패할지 모른다는 부정적 생각을 절대 하지 않는 것이다. 대신 발표를 마치고 우레와 같은 기립박수를 받거나 엄지척 제스처를 받는 초긍정 상황을 머릿속에 미리 시뮬레이션해본다. 이 훈련을 개발한 후부터는 신기하게 단한 번도 발표를 망친 적이 없다. 될 거라고 믿으면 정말 된다는 게 이런 건가 싶다.

마지막 훈련은 할까 말까 할 때 해버리는 태도다. 일을 하다 보면 해볼지 말지, 했다가 괜히 욕만 먹는 거 아닌지 고민되는 순간이 참 많다. 특히 높은 분들이 대거 참석한 어려운 자리일수록 기운이 눌리기 쉬운데, 그럴 땐 일단 기세를 높여 저질러보는 게 좋다. 사실 아무리 높고 어려운 상사도 직급을 떼면 평범한 동네 이웃과 다를 게 없지 않은가. 부끄러운 기억 한 번쯤 남기면 어뗘냐는 마음으로 실행에 옮기고 나면 오히려 분위기는 언제나 더 좋아졌고, 결국 결과도 좋게 이어졌다.

일할 때 기운이 좋은 사람을 보면 덩달아 기분이 좋아진다. 일을 좋아하는 사람이 가진 특유의 기운은 전염성이 강하기 때문이다. '인기人気'라는 말도 결국은 '사람의 기'라는 뜻 아닌가. *좋은 기운을 가진 사람은 자연스럽게 타인을 끌어당기고 인기를 얻는다.* 나도 일할 땐 그런 기세 좋은 사람이 되고 싶다. 밝은 기운 덕에 함께 일하는 사람들까지 즐거워지면 좋겠다는 마음이다. 기세를 높여 원하는 방향으로 밀고 나가는 힘이야말로 일을 잘하고 사람을 끄는 자들의 공통점이니까. 역시 일은 기세고 기세가 곧 능력이다.

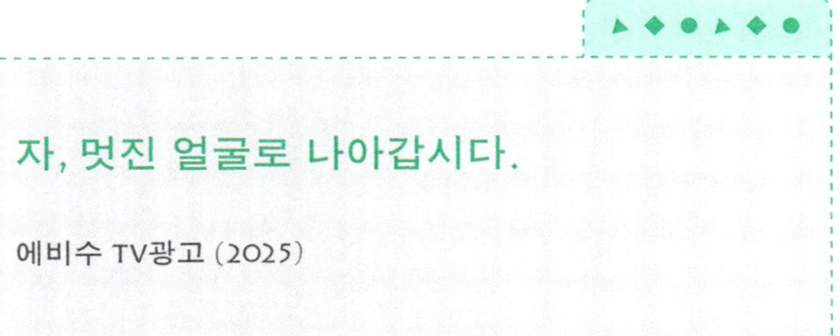

저마다의 직업병

슬픔이 내려앉은 장례식장, 돌아가신 분을 어디에 모실지 가족들의 의견이 분분하던 그때 나는 검은 상복을 입은 채로 한쪽 구석에 앉아 노트북을 켰다. 광고인의 직업병 중 하나인 A안 B안병이 발현된 것이다. 우선은 문상객이 빠진 틈을 타 키보드를 두드리며 각 봉안 시설의 장단점을 표로 나눈 뒤, 비용은 얼마고 방문은 용이한지를 한눈에 보기 쉽게 정리했다. 같은 크기로 맞춘 대표 이미지까지 붙여 후보지를 한꺼번에 비교할 수 있도록 만든 다음에는 어르신들이 계신 곳으로 슬그머니 다가가 브리핑을 시작했다. 그러자 다행히 흩어진 의견은 점차 하나로 모이기 시작했다.

광고 회사에서는 클라이언트에게 캠페인을 제안할 때 옵션을 여러 개 준비한다. 이 습관은 자연스럽게 일상에서도 A안 B안병으로 이어지곤 한다. 점심 메뉴를 고를 때도 A안 김치찌개, B안 짜장면. 카페를 갈 때도 A안 스타벅스, B안 동네 카페 옵션을 제안한다. 이 병은 올여름 휴가지, 결혼식 준비, 심지어는 내 집 마련 계획까지 여러 안을 준비해 연인이나 부모님 앞에서 PPT를 띄우고 직접 프레젠테이션하게 만들기도 한다.

그 외에도 광고인의 직업병은 더 있다. 카피라이터들이 주로 걸리는 건 맞춤법 확인병이다. 카피라이터들은 광고 제작물의 최종 오타 체크를 담당한다. 한 글자라도 틀리면 영상을 교체하거나 재인쇄를 해야 하는데, 그 비용이 상상 이상이라 맞춤법에 예민할 수밖에 없다. 그러니 식당 메뉴판을 살피다가도 '김치찌게'가 아니라 '김치찌개'인데 생각하고, '감기 빨리 낳으세요'라는 문장을 보면 '나으세요'로 고치고 싶은 충동에 휩싸인다.

매의 눈을 가진 아트 디렉터들은 주로 '디테일 집착병'을 호소한다. 작은 간격 하나, 미묘한 색상 톤 차이에도 불편함을 느끼는 그들은 티끌 하나까지 찾아내

지워야 직성이 풀린다. 카피라이터들이 메뉴판에 적힌 오타에 괴로워할 때 아트 디렉터들은 메뉴 명 사이사이의 맞지 않는 간격을 보며 힘들어한다.

　제작팀 공통 직업병으로는 레퍼런스 저장병이 있다. 제작 회의에선 머릿속 아이디어를 잘 전달하기 위해 유사한 참고 이미지나 영상을 준비하는 게 유용하다. 그러다 보니 영화를 보면서도 '저 장면 누워 있는 레퍼런스로 쓰기 좋겠네. 저 씬은 요리하는 레퍼런스로 딱인데' 같은 잡생각이 쉴 새 없이 떠오른다. 실제로 이 병을 호소하던 몇몇은 업계를 떠나고 나서야 비로소 마음 편히 콘텐츠를 즐길 수 있게 되었다며 기적의 치료 후기를 전하기도 했다.

　일을 사랑하는 사람이라면 누구든 고유의 직업병이 있다. 음악가는 좋은 음악을 가만히 듣지 못하고 드라마 작가는 드라마를 편하게 보지 못한다. 심리상담사는 친구의 하소연을 자꾸만 분석하고 피부과 의사는 작은 잡티 하나에도 손이 근질거린다. 오랜 시간 같은 동작을 반복하면 굳은 살이 생기듯 직업도 우리 몸과 마음에 깊은 흔적을 남기는 것이다. 때로는 피곤하고 괴롭지만 직업병이 있다는 건 사실 누구보다 열심히 일했다는 증거가 아닐까.

제 경우, 일은 오락입니다.
조금 힘들긴 하지만요.

토라바유 포스터 (1987)

취향은 만들어가는 것

세상에 아름다운 사람은 많지만 닮고 싶은 아름다움을 한 명만 꼽으라면 단연 밀라논나 선생님이다. 그분의 감각, 삶의 태도, 온화한 겸손함과 자연스러운 스타일은 세대를 초월해 수많은 이의 워너비 모델이 되었다. 세월이 쌓일수록 깊이를 더하고 유행을 저만치 벗어나도 은은한 세련미가 넘치는 사람들의 공통점은 쉽게 흉내 낼 수 없는 자신만의 분위기가 있다는 것, 그리고 자기만의 취향이 있다는 것이다. 드러내진 않지만 고요한 취향이 은은하게 드러나는 사람. 나는 그런 사람들이 좋다.

취향 불모지라 불릴 정도로 특별한 취향 없는 가정에서 나고 자란 나는 처음 광고 회사에 입사하고 일종의 쇼크를 경험했다. 은근하게 드러나는 사람들의 패션 센스, 자리마다 놓인 아기자기한 소품들, 회의 때 저마다 가져오는 멋진 이미지들, 대화 속에 오가던 영화와 음악과 책 이야기. 광고 회사는 그야말로 취향 부자의 집합소였다. 그때까지 내겐 가격이 곧 원하는 것이었다. 할인율이 높은 게 곧 원하는 것이었달까. 그런 내가 광고 일을 하며 나름대로의 취향이란 걸 가지게 되었으니, 먹는 것이 나를 만든다는 말처럼 일하며 보고 경험한 모든 것이 내 취향을 성장시키는 촉진제가 되었다.

처음엔 이것도 좋고 저것도 좋아서 내 취향은 좋아하는 것들이 뒤죽박죽 엉킨 혼돈의 카오스였다. 첫 인테리어를 할 때도 애매한 취향의 충돌이 발목을 잡았다. 인테리어라는 건 벽지부터 손잡이 하나까지 세세하게 결정해야 하는 일종의 취향 올림픽인데, 나는 무인양품 스타일의 우드 감성이 좋다가도 다음 날이면 북유럽풍의 화사한 모던함이 좋은 사람이었다. 널 뛰는 취향들이 한데 뒤섞이면 없느니만 못하거늘.

취향도 정리가 필요하다는 걸 깨달은 나는 일단 좋아하는 것들을 스크랩하기 시작했다. 가장 먼저 시도한 건 인테리어 잡지에서 마음에 드는 이미지를 그대로 잘라 스크랩북에 붙이기였다. 핀터레스트에도 좋아하는 이미지와 디자인을 모아두기 시작했다. 그렇게 퍼즐을 맞추듯 마음에 드는 것들을 하나씩 수집하다 보니 어렴풋이 나만의 색깔이 보였다. 회색이 살짝 섞인 파란색, 정갈하면서도 우드 포인트가 있는 덴마크 디자인, 수수하지만 과감한 패턴의 핀란드 텍스타일이 좋다는 걸 그때 알게 되었다. 그렇게 작고 작은 수집의 노력이 쌓여 그토록 촌스럽던 내가 이제는 소소한 취향의 즐거움을 느끼며 살고 있다. 대단한 감각의 소유자는 아니지만 예쁜 잔을 골라 커피를 내리고 아끼는 스피커로 음악을 들으며 선호하는 조도의 조명 아래에 앉아 좋아하는 일을 하는 기쁨을 누린다. 좋아하는 것들로 채운 공간에서 좋아하는 시간을 누리는 작은 사치를.

자연히 일에도 취향이라는 게 생겼고 예전과 달리 좋아하는 광고에 대한 감각도 달라졌다. 예전에는 그저 웃기고 재밌는 광고가 최고였다면(물론 지금도 태국풍 유머 광고를 엄청나게 좋아하지만) 이제는 영국과 유럽 쪽 광고 속 부드러운 자연광과 낮은 채도의 깊이 있는 색감에 먼저 눈이 간다. 또 단정한 정제미와 사유의 여운이 깃든 일본 카피는 어떤 시보다 섬세하게 마음을 흔드는 나만의 문학이다.

　'로에베Loewe'를 '로에위'라 읽고, '에르메스Hermes'를 '헤르메스'라 부르던 내가 취향을 운운하려니 참으로 부끄럽지만, 일이 준 선물 같은 취향 훈련 덕분에 나는 이제야 겨우 좋아하는 게 뭔지 아는 사람이 되었다. 결혼은 두 사람의 취향이 만나는 것이고 일은 여러 취향이 모여 하나의 취향을 만들어가는 과정이다. 우정도 사랑도 일도, 결국 우리의 삶은 각기 다른 취향이 어우러진 취향 공동체로 이루어져 있다. 좋아하는 걸 계속 좋아할수록 취향은 더 넓어지고 깊어진다. 그리고 바로 그것들이 일상 속에 스며들어 나만의 분위기를 만든다. 이제는 언제가 나도 누군가의 닮고 싶은 취향이 될 수 있기를 바라본다.

사랑을 합시다.
누군가를 좋아합시다.
그리고 자신을 좋아합시다.

빔스 포스터 (2012)

세상엔 천재가 너무 많아

처음 카피라이터가 되었을 땐 키가 20센티미터쯤 작아
진 기분이었다. 하나같이 천재 같은 사람들 속에서 자
꾸만 어깨가 움츠러들었다. 어떻게 저런 아이디어를 떠
올렸지? 어떻게 저런 카피를 써냈을까? 그런데 나는 왜
이 모양인지…. 광고 제작팀은 타고난 재능을 가진 특
별한 사람들로 가득했고, 회의가 끝날 때마다 내 자신
감은 건조기에 돌린 니트처럼 조금씩 쪼그라들었다. 너
무 답답할 땐 선배들을 붙잡고선 무턱대고 물어보기도
했다.

“차장님은 어떤 식으로 아이디어를 내세요? 이런 카피는 어떻게 쓰신 거예요?”

하지만 돌아오는 대답은 한결같았다.

“그냥, 열심히 하는 거지 뭐.”

아무리 열심히 해도 내 카피는 뻔했고 어딘가 딱딱했으며 다분히 지루했다. 그땐 노력이 부족한가, 재능이 부족한가, 아니면 이 길이 아닌가 하는 생각에 늘 사로잡혀 있었다.

시간이 흐른 지금은 그 고민의 해답을 안다. 카피는 영어나 수학처럼 머리로 배우는 글이 아니라 운전이나 요리처럼 몸으로 익혀야 하는 글이었던 것이다. 카피 쓰는 법을 알려주는 작법서를 백번 들여다보는 것보다 직접 한 줄 써보는 게 더 실력을 키워준다는 걸 오랜 세월 헛발질을 해본 후에야 깨달았다.

카피를 잘 쓰려면 일단 많이 써봐야 한다. 좋아하는 문장을 따라 써보고 몸에 익게 만들어야 한다. 좋다고 생각하는 카피, 문장, 문체를 만나면 나만의 노트에 따라 써보는 것도 좋다. 계속해서 흉내내다 보면 어느 순간 그것이 체화되어 나만의 스타일로 다듬어진다. 이미 세상에 나온 멋진 광고 카피를 나만의 방식으로 다시 써보는 것도 좋은 연습이다. 소설이나 잡지 속에서 수집한 문장을 광고 카피로 변형해보는 훈련도 도움이 된다. 한강의 『희랍어 시간』에 이런 문장이 있다.

"눈이 하늘에서 내려오는 침묵이라면 비는 하늘에서 떨어지는 끝없이 긴 문장들인지도 모른다."

조금 송구스럽지만 이 문장을 라면 광고 카피로 바꿔본다면 이런 식으로 쓸 수 있다.

"눈이 하늘에서 내려오는 차가운 침묵이라면 라면은 속을 뜨겁게 채워주는 따뜻한 대답이다."

이렇게 기존의 문장을 마음대로 바꿔 써보는 훈련을 하는 것이다.

카피는 언제 어디서 볼지 모르는 익명의 대상을 생각하며 쉽게 써야 한다. 그렇기에 카피는 세상에서 가장 겸손한 글쓰기다. 요즘 사람들은 광고를 이해하기 위해 따로 시간을 내주지 않기에 메시지는 최대한 간결하고 명확하게, 한눈에 읽히고 바로 이해될 수 있어야 한다. 물론 이렇게 쉬운 카피를 감각적으로 쓰는 게 가장 어려운 일이지만 말이다.

예전엔 글을 잘 쓰는 사람이 카피라이터라고 생각했다. 하지만 글솜씨보다 중요한 건 생각을 쓰는 솜씨다. 카피는 글이기 전에 브랜드의 철학이고 언어로 표현하는 브랜드의 태도다. 쓰는 사람의 사고가 빈약하면 카피에도 깊이가 없다. 깊은 사유 속에서 가슴을 울리는 좋은 카피가 태어난다.

카피는 읽는 사람에게 풍경처럼 남아야 한다. 때로는 글을 쓴다기보다 이미지를 그린다고 생각하는 게 좋다. 좋은 카피는 문장이 아니라 인상을 남긴다. 읽을 때 눈앞에 장면이 그려진다면 그건 좋은 카피다. '설렌다'보다 '마당의 새하얀 빨래처럼 마음이 나부낀다'는 표현이 더 또렷한 인상을 남기지 않는가. 하지만 아무리 아끼는 표현이라도 메시지에 방해되는 군더더기라면 과감히 덜어낼 줄 알아야 한다. 카피 쓰기는 글쓰기와 마찬가지로 사랑하는 것을 죽이는 일이다. 필요 없는 단어들을 쳐내고 핵심만 남길 때 문장은 힘을 얻는다. 소설 『안나 카레니나』의 유명한 첫 문장을 떠올려보자.

"행복한 가정은 모두 고만고만하지만, 불행한 가정은 저마다 나름나름으로 불행하다."•

찰스 디킨스의 『두 도시 이야기』 첫 문장은 또 어떤가.

• 레프 니콜라예비치 톨스토이, 『안나 카레니나 1』, 박형규 옮김, 문학동네, 2009.

“최고의 시간이었고, 최악의 시간이었다. 지혜의 시대였고, 어리석음의 시대였다. 믿음의 세기였고, 불신의 세기였다. 빛의 계절이었고, 어둠의 계절이었다.”

이런 문장들은 잘 쓴 카피처럼 형식이 간결하고 메시지가 강하다.

하지만 무엇보다 좋은 카피는 움직이게 하는 카피다. 좋은 카피는 감탄사가 아닌 동사다. 보는 이로 하여금 행동으로 움직이게 해야 한다. 지갑을 열게 해도 좋고 마음을 열게 해도 좋다. 클릭하거나 공유하게 하고 싶게 만드는, 행동을 유도하는 게 진짜 힘 있는 카피다.

세상엔 천재가 너무 많지만 언젠가는 이 글을 읽는 당신도 수많은 천재 중 하나로 여겨질 날이 찾아올지 모른다. 그러니 자신을 믿고 꾸준한 노력을 계속해나가는 용기가 필요하다. 가장 쉽지만 효능 있는 재능은 꾸준히 쓰는 힘이다. 쓰고 고치는 일을 반복하다 보면 실력이 쌓이고 내공이 커지는 법이다. 여느 글쓰기처럼 카피도 쓰면 쓸수록 반드시 는다. 좋은 카피는 수많은 문장 사이에서 살아남은 유일한 한 줄이고, 수없이 썼다 지웠다를 반복하며 지층처럼 쌓인 노력이 만든 결

▪▪ 찰스 디킨스, 『두 도시 이야기』, 성은애 옮김, 창비, 2014.

과물이다. 더 나은 답을 찾기 위해 꾸준히 쓴 오래 걸린 말. 카피라이터는 그 말을 찾는 사람이자 끝까지 써내는 사람이다.

**아마도 천재는 아닐 너에게,
노력의 천재가 되어라.**

도신하이스쿨 포스터 (2012)

기분 관리도

실력

굿모닝 인사로 아침을 산뜻하게 열어보려 해도 출근을 하고 나면 그 아침은 머지않아 크레이지 모닝으로 바뀌고 만다. 며칠 밤을 새워도 맞출 수 없는 급한 일정, 모델 측의 황당한 요구 사항, 깎고 또 깎는 비용 네고. 그럴 때마다 목구멍까지 차오르는 화를 참으며 직장인의 급여 명세서엔 화 참는 수당까지 포함돼야 하는 거 아닌가 생각한다. 아무리 즐게 좋게 가자고 마음을 먹어도 화가 불쑥 치밀어 오르는 상황이 부지기수다. 인생은 기분 관리라는 누군가의 말처럼 성숙한 사회인이라는 이유로 억누르고 다스려야 하는 화. 하지만 아이러니하게도 다년간의 직장 생활은 내게 '화를 다루는 방법'을 가르쳐주었다.

화를 다루는 가장 좋은 방법은 흘려보내는 것이라고 한다. 끓어오르는 화를 바로 분출시키지 않고 고요해질 때까지 담아 두었다가 물잔을 비우듯 조금씩 흘려보내는 것이다. 그래서 나는 나만의 화를 흘려보내는 방법, 일명 '우주먼지 치료법'을 개발했다. 이름이 다소 거창하지만 풀이하자면 지금 느끼는 분노가 우주먼지만 한 사소한 것이라는 사실을 스스로 인지하는 정신승리법이다.

화가 폭발할 때면 그 감정이 세상에서 가장 크고 중요한 문제처럼 느껴진다. 바로 그때, 쓰나미처럼 들끓는 분노가 이성을 집어삼키기 전에 비장의 우주먼지 치료법을 소환한다. 방법은 간단하다. 내가 우주를 유영하며 창백하고 푸른 지구를 바라보고 있는 외로운 우주인이라고 상상하는 것이다. 그다음은 지구 밖에서 점점 내가 있는 곳으로 확대해 들어간다. 더 나아가 머릿속 작은 뉴런의 촉수들이 분노를 일으키는 화학물질을 만들려고 안간힘 쓰는 모습까지 떠올리다 보면 거대했던 화가 우주먼지보다 작은 하찮은 감정 물질에 불과하다는 걸 깨닫게 된다. 스트레스가 많던 시절엔 아예 책상 위에 칼 세이건의 『창백한 푸른 점』을 올려두고 일하기도 했다. 보이저 1호에서 촬영했다는 표지 사진을 들여다보며, 광활한 우주에서 지구라는 작은 점 안에 살고 있는 나는 얼마나 먼지처럼 사소한 일들에 휘둘리고 있는가를 환기하면 기분이 꽤 괜찮아지곤 했다.

우주먼지 치료법으로도 화가 가라앉지 않으면 다음은 '편도체 구출 작전'을 펼친다. 화를 일으키는 감정은 뇌의 편도체에서 만들어진다. 편도체는 감정을 저장하고 반복하는 습성이 있어서 같은 유형의 상황이 오면 자동으로 반응한다고 한다. 뇌과학에서는 이를 '편도체 납치'라고 부르는데, 나의 편도체가 감정에 납치당했다고 생각하면 당장 구하러 출동해야 할 것 같지 않은가! 이성을 담당하는 전두엽이 활성화되지 않으면 감정은 그대로 편도체의 지배를 받게 된다. 그래서 화가 치밀 때마다 나는 이마를 톡톡 치며 "전두엽, 일해라 일해! 지금 편도체가 납치당하고 있잖아!" 하고 남몰래 외치는 버릇이 생겼다.

이런 노력에도 쉽게 풀리지 않는 지독한 분노가 찾아왔다면 '분노의 활자화' 방법을 쓸 차례다. 왜 화가 났는지, 정확히 어떤 말과 행동이 화를 불렀는지, 그 순간 어떻게 대응하고 싶었는지 모든 생각과 감정을 종이에 적는 것이다. 마음속 화를 글자로 옮기면 감정이 구체화되고 써 내려갈수록 점점 화가 가라앉는다. 그렇게 화를 다 쏟아낸 종이는 손으로 갈기갈기 찢어서 버리는데, 이것만으로도 화가 날아가버리는 기분이 든다.

마지막은(아직 안 끝났다) 명상의 단계다. 화가 떠난 자리에 평온을 채워 넣는 것이다. 이땐 차분한 음악을 들으며 남은 감정을 빗자루로 조용히 쓸어내듯 명상한다. 숨을 내쉴 때 안 좋은 기운이 빠져나가고 들이쉴 때 좋은 기운이 들어온다고 생각하자. 이렇게 화를 비워낸 후엔 기분 전환 루틴을 작동시키는 것도 좋다. 마음이 편안해지는 책을 읽으면 생각 회로가 바뀌고, 산책을 하면 맑은 공기 덕에 몸의 흐름도 맑아진다. 좋아하는 공간에서 좋아하는 음악을 듣거나 따뜻한 차를 한잔 마시는 일만으로도 감정의 흐름은 분명히 바뀐다.

화를 다루는 건 곧 마음의 결을 매끄럽게 다듬는 일이다. 거친 감정을 사포질하고 상처가 될 만한 날카로운 모서리를 둥글게 깎아가는 과정을 거치고 나면 더 단단하면서도 폭신폭신 부드러운 사람이 된다. 화는 때때로 불처럼 타오르지만 마음 먹기에 따라 물처럼 흘러

가게 할 수도 있다. 그렇게 스스로의 감정을 다스리는 법을 깨쳐가는 사람이야말로 결국 더 깊어지고 넓어지며 더 빛나게 되는 것이다.

울었다.
시계를 봤다.
겨우 5분밖에 지나지 않았다.
뭐야, 고작 그 정도였나.

세이코 TV광고 (1994)

그거 아니?
파도에 맞서본 돌멩이가
더 찬란하게 빛나는 거야

조금씩 오르다 보면
찾아올 거야
네 이름으로 세상을 뒤덮을 그날이

맑고 깨끗한 청춘은 별이다
칠성사이다

처음은 늘 기억 깊이에 먼저 자리 잡는다. 처음 크리에이티브 디렉터가 되어 맡은 프로젝트는 더욱 그렇다. 그 아이디어의 시작은 온라인에서 우연히 본 작은 스티커였다.

2002년 매튜 호프만이라는 아티스트는 사람들이 스스로 가치 있고 아름답다는 메시지를 전하기 위해 'You Are Beautiful'이라는 문구를 드심 곳곳에 붙여두었고, 그 문구는 조금씩 퍼져나가며 화제가 되었다.

콘크리트 틈에서 피어난 들꽃처럼 일상 속에서 우연히 마주치는 작지만 힘이 되는 말. 우리는 청춘을 응원하는 문장들을 도시 곳곳에 심어두자는 아이디어를 냈다. 첫 촬영이 시작되던 날, 차가운 바닷바람을 맞으며 현장 사진 한 장을 찍어 본부장님께 보냈다.

"다행히 날씨 좋습니다. 촬영 잘 시작했습니다."

잠시 뒤, 답이 돌아왔다.

"너의 인생에서 가장 빛나는 순간도 시작되었구나. 수고해라."

2

내 이름으로 홀로서기

서울라이터의 시작

서울라이터Seoulwriter. 어쩌다 보니 나의 개인 브랜드로 지금까지 이어져 오고 있는 이름이다. 처음 이 이름을 만든 건 다소 부르기 어려운 내 본명 때문이었다. 정확히 발음하는 데 은근히 힘이 들고 한 번 듣고도 기억에 남을 만큼 튀지도 않아서 보다 부르기 쉽고 직관적인 이름이 있으면 좋겠다고 생각했다. 또 크리에이티브 디렉터나 팀장처럼 직장이 붙여준 호칭 대신 나의 정체성과 가치관을 담을 수 있는 새로운 이름이 있었으면 했다. 설명은 길었지만 생각보다 단순하게 떠올려 지은

게 바로 서울라이터다.

카피를 쓰고, 글을 쓰고, 아이디어를 쓰고, 트렌드를 쓰는, '쓰는 사람'을 언제나 동경해왔기에 가장 먼저 좋아하는 단어인 '라이터'를 떠올렸고 그 앞에 '서울'을 붙였다. 서울이라는 이름이 주는 세련되고 산뜻한 감각을 좋아했던 것도 있고, 무엇보다 내가 살아가고 창작하는 근거지를 분명히 하고 싶은 이유도 있었다. 서울에서 쓰는 사람, 서울라이터. 그렇게 서울라이터는 내가 지향하는 가치를 담은 나만의 퍼스널 브랜드가 되었다. 이 이름으로 소소하게 여러 활동을 하다 보니 어느새 회사 이름까지 '서울라이터컴퍼니'로 짓고 본격적인 활동을 이어가고 있다.

서울라이터라는 브랜드를 잘 키워보기 위해 내가 가장 먼저 한 일은 브랜드의 미션과 비전 정리였다. 미션은 브랜드가 현재 하는 일이자 존재 이유고, 비전은 브랜드가 앞으로 이루고 싶은 일이자 향하는 목표를 뜻한다. 내가 정리한 서울라이터의 미션은 서울을 기반으로 읽고 쓰는 모든 사람과 연대하는 브랜드다. 비전은 다이내믹하고 크리에이티브한 서울을 중심으로 자신만의 스토리와 스타일을 써나가는 사람들이 모여 서로 영감을 주고받는 창작 플랫폼이 되는 것이다. 일단 이렇게 미션과 비전을 정리하니 하나의 브랜드로서 나가야 할 방향성이 명확해졌다. 이를 기반으로 나아가고픈 나의 최종 목표는 읽고 쓰고 일하는 사람들을 위한 플랫폼 '서울라이터스 클럽'을 만드는 것이다.

퍼스널 브랜드의 뼈대가 잡힌 뒤로는 브랜드를 노출시킬 미디어를 정했다. 서울라이터의 주 무대가 된 곳은 뉴스레터와 인스타그램이었다. 브랜드에 어울리는 플랫폼을 결정한 후에는 분야를 정해 성실하게 콘텐츠를 발행해나갔다. 그러자 신기하게도 서울라이터를 알아봐주는 사람들이 조금씩 생겼고, 꾸준히 콘텐츠를 발행하며 사람이 모이자 자연스럽게 메일과 DM으로 광고 제안이 들어오기 시작했다.

도서관이나 기업체에서 카피라이팅과 뉴스레터 제작 강의를 맡을 기회도 생겼다. 평생의 꿈이었던 프랑스 칸 라이언즈에 방문할 기회도 얻었고 심지어 칸 라이언즈 서울 무대에 연사로 오르는 영광까지 누렸다. 인터뷰어로 참여해 전자책을 발간하기도 했고 독서 모임, 글쓰기 모임, 영어 북클럽 등 다양한 커뮤니티를 운영하며 어디서도 보기 힘든 좋은 사람까지 참 많이 만났다.

머지않아 우리 모두는 각기 다른 '나'라는 브랜드

로 살아야 할지 모른다. 아니, 날 때부터 다르게 태어났으니 이미 나라는 브랜드는 그때부터 시작됐을 수도 있다. 퍼스널 브랜딩은 그 자체로 성장하는 과정이다. 내가 모르던 나를 발견하기도 하고, 잘하는 것과 좋아하는 것을 끊임없이 탐구하게 되니 말이다. 자신을 중심으로 하나의 브랜드를 만들고 싶다면 어떤 사람으로 기억되고 싶은지, 어떤 이름으로 불리고 싶은지, 세상에 어떤 메시지를 전하고 싶은지에 대한 답을 먼저 찾아보자. 이 모든 질문에 답을 찾았다면 당신의 퍼스널 브랜딩은 이미 시작된 것이다.

당신의 인생이
세상에서 가장 멋진 이야기이기를.

JT TV광고 (2017)

그만두기의 기술

가야 할 때가 언제인가를 분명히 알고 가는 이의 뒷모습은 얼마나 아름다운가. 그렇다. 이것은 멋진 시구를 넘어 인생의 진리다. 살면서 떠나야 할 적당한 때를 알아채는 건 생각보다 쉬운 일이 아니다. 비가 오나 눈이 오나 개근을 최고의 미덕으로 삼아온 우리 민족에게 중도 하차는 끈기 없음의 상징과도 같다. 언제 이 회사를 그만둬야 할까, 언제 이 관계를 끝내는 게 좋을까, 언제 이 덕질을 멈춰야 할까. 시작은 쉬워도 마침표를 찍는 건 늘 어려운 일이다.

내게 깊은 울림을 준 아름다운 마침표의 기억이 하나 있다면, 그건 우리 회사의 상징과도 같던 최인아 선배님의 송별회 공지가 갑작스럽게 올라온 날이다. 아직 함께 일해볼 기회도 없었는데 소문으로만 들리던 퇴사 소식이 현실이 되니 아쉬움이 밀려왔다. 허탈한 마음을 추스르며 들어선 송별회 공간은 이미 사람들로 가득했다. 맨 뒷줄에 겨우 자리를 잡자 쑥스러운 표정으로 오늘의 주인공이 등장했다.

틀에 박힌 퇴임식이라기보다는 진심 어린 이별식에 가까운 분위기였다. 제작팀 전체가 감사의 마음을 담아 준비한 감사패와 메시지북을 전한 후, 모두가 한 줄로 길게 서서 한 사람 한 사람 준비된 빨간 장미꽃을 한 송이씩 건넸다. 장미를 받은 손을 뜨겁게 부여잡는 사람도 있었고 끌어안은 채 엉엉 우는 사람도 있었다. 평소 차갑게만 보였던 선배들이 아이처럼 눈물을 흘리고 있었다. 함께 일한 상사가 아니라 함께 배운 스승을 떠나 보내는 듯했다.

광고 회사는 치열한 만큼이나 관계의 밀도도 높은 곳이다. 밤을 새우며 함께 고민하고 좁은 회의실에 모여 많은 시간을 보낸다. 그러다 가끔씩 언성을 높이거나 마음을 다치게 하는 소소한 사건이 벌어지기도 하지만 일이 끝나면 언제 그랬냐는 듯 털어내고 회포를 푼다. 힘든 만큼 가까워지고 부딪힌 만큼 정드는 곳이 이 업계다. 수십 년간 얽히고설켜 영광과 좌절을 함께 나눈 동료가 떠나가던 그날, 어디서도 떠나는 이를 그렇게 아름답게 보내주는 장면을 본 적이 없다. 꽃을 한 아름 안아든 선배님은 감회에 젖은 얼굴로 소감을 남겼다.

"고맙습니다. 오늘이 제 인생의 화양연화입니다."

인생에서 가장 찬란했던 시절을 화양연화라 부른다. 보통은 꿈꾸던 것을 이뤄 찬란한 빛을 발할 때 이 말을 떠올리곤 하지만 선배님의 화양연화는 떠나는 순간이었다. 오랜 일을 마치고 떠나는 마지막 날이 인생의 화양연화라니, 이 얼마나 멋진 인생인가.

그만두는 일에도 기술이 필요하다. 일을 시작할 때 정성을 다하듯 떠날 때도 정성을 다해야 한다. 나는 머물던 곳을 떠날 때마다 고마운 사람들에게 편지를 쓰고 작은 선물들을 준비했었다. 함께 일한 사람들과 계속해서 인연을 이어간 덕분에 지나온 곳에는 늘 마음을 나눈 사람들이 있었고, 몇몇은 평생을 함께하는 친구가 되었다.

매거진 B의 조수용 대표는 지금 연봉의 열 배가

돼도 그만두고 싶다면 그때가 바로 떠날 때라는 퇴사 철학을 밝혔다. 내 나름으로 정한 떠나기 좋은 때란 떠나는 것이 더는 고민되지 않을 때다. 퇴사를 떠올릴 때 그만둘까 말까 고민이 깊어진다면 아직은 때가 아니다. 당장 그만두고 싶지만 망설여진다면 일단은 더 머물러보는 게 좋다. 좋은 이별은 미련을 남기지 않는다.

그만두는 이유가 지겨움 때문이라면 시간이 지나 해결될 가능성이 크다. 사람 때문이라면 그 사람이 먼저 떠날지도 모르니 버텨보는 것도 방법이다. 직장을 옮기고 새로운 사람들과 라포를 형성하는 데도 생각보다 많은 에너지가 필요하니까. 그 에너지를 아껴 지금의 자리에서 더 나은 성과를 만드는 것도 나쁘지 않다고 생각한다. 한 곳에서 오래 일하면 금세 이직할 때보다 훨씬 좋은 점이 많다.

떠나야 할 때를 정확히 아는 건 쉽지 않은 일이지만 가장 좋은 마침표를 찍을 수 있을 때가 그만두기 가장 좋은 때라는 건 확실하다. 그래도 기필코 지금 떠나야 한다는 확신이 든다면 '언제'보다 '어떻게' 떠날 것인가를 고민하는 게 어떨까. 박수 칠 때 떠나는 뒷모습이 아름다울 수 있도록, 함께한 모든 시간이 끝이 아닌 추억으로 남을 수 있도록 말이다.

사람의 절반은 뒷모습입니다.

이세탄백화점 인쇄광고 (1991)

직업이 여러 개인 삶

언제부턴가 여러 직업으로 일하면서 살아가고 있다. 카피를 쓰고, 광고 아이디어를 내고, 콘텐츠를 만들고, 툰을 그리고, 강의를 하고, 가끔은 번역도 하면서. 여러 개의 일을 하며 살리라 두 주먹 불끈 쥐고 다짐한 것도 아닌데 어느새 자연히 그렇게 살고 있다.

이런 내 인생에 큰 영향을 준 건 언젠가 읽은 손석희 교수님의 「지각인생」이라는 칼럼이다. "남들은 어떻게 생각할지 몰라도 나는 내가 지각인생을 살고 있다고 생각한다"는 문장으로 시작하는 이 글은 철학자 칸트

보다 칼같이 시간을 지키고 스티브 잡스보다 완벽을 추구할 것 같은 그분께 다소 어울리지 않는 고백처럼 느껴졌다. 거기엔 대학도 결혼도 남들보다 늦은 편이었던 자신이 마흔이 넘어 유학에 도전하며 느낀 마음과 소회가 담겨 있었다. 시간이 부족해 시험을 망치고 억울함에 찔끔 눈물을 흘렸다는 대목에선 얼마나 절실한 노력으로 그 시간을 버텨냈는지가 깊이 전해졌다.

당시 나 또한 입시와 취업에서 이미 한발 늦은 지각인생을 살고 있었다. 앞서가는 친구들의 등을 바라보며 조급한 마음으로 하루하루를 보내고 있던 내게 그 글은 조금 늦어도 괜찮다는 담담한 위로가 되어주었다. 인생의 갈림길마다 방향을 잡아준 메시지 덕분에 나 역시 늦게나마 대학원에 진학할 수 있었고 늦은 나이에 창업을 했으며 뒤늦게 해외 살이까지 경험했으니, 이쯤 되면 원조를 넘어선 지각인생이 아니냐고 진지하게 여쭙고 싶은 심정이다.

지각인생은 내게 완벽하지 않아도 일단 해보자는 덜 완벽한 시작에 대한 관대함을 남겼다. 늘 계획대로 완벽하게 흘러가지 않는 게 인생의 묘미 아니겠는가. 실수하면 고치고 실패하면 다시 시작하는, 실수와 실패의 연대기였던 나의 인생에서 의미 있는 자산 하나가 남았다면 조금 부족하더라고 일단 시작해보는 덜 완벽한 출발에 대한 너그러움과 뻔뻔함일 테다. 뭔가에 마음이 꽂히면 부족해도 일단 시작해보자는 용기, 모자란 부분은 차차 채워나가면 된다는 너그러움이 결국 나를 여러 일에 뛰어들 수 있는 'N잡러'의 인생으로 이끌었다.

요즘은 조기 은퇴를 위해 여러 직업을 병행하며 파이프라인을 구축하는 게 필수라고 하지만 아무리 직업이 여러 개라 해도 중심이 되는 본업은 분명히 있어야 한다. 코스 요리에도 메인이 있고 아이돌 그룹에도 센터가 있듯 누군가 "무슨 일 하세요?"라고 물을 때 가장 먼저 답할 수 있는 본업이 있어야 한다. 나의 경우엔 가장 오래 해온 일이자 가장 좋아하는 일인 카피라이터가 그것이다. 카피라이터라는 직업이 일의 중심을 잡아준 덕분에 본업으로는 급여를 벌고 부업으로는 즐거움을 번다는 마음으로 다양한 일을 이어올 수 있었다. 자신을 대표할 수 있고 가장 잘할 수 있는 일 하나쯤은 꼭 지켜나가는 게 좋다.

인생이 무수한 단추가 달린 나만의 옷을 입는 일이라면 일단은 마음이 가는 단추를 과감히 채워보면 어떨까. 잘못 끼웠다면 조금 늦더라도 다시 끼우면 그만이지 하는 마음으로 말이다. 우리는 배우고 실패하고 다시 시작하며 성장하는, 연약하면서도 끈질긴 존재다. 세상의 눈치를 보지 않고 자신의 목소리에 귀 기울이면서 하고 싶은 일이라면 용기를 내는 사람, 자신만의 풍부한 삶을 즐기는 사람이 점점 많아지면 좋겠다.

즐겁게 산다. 이상입니다.

어스 뮤직 앤 에콜로지 포스터 (2023)

돈과 시간과 프리랜서

유난히 회사에 가기 싫은 날이 있다. 푹신한 침대와 한 몸이 된 자아를 일으키기 힘든 날, 침대에서 욕실까지 가는 길이 산티아고 순례길보다 멀게 느껴지는 날. 하루만 네 방의 침대가 되고 싶다는 그 유명한 노래 가사가 현실이 된 것만 같은 날.

아침마다 눕고만 싶은 나를 이불 밖으로 끌어내기 위해 나름대로 여러 방법을 강구했다. 오늘 먹을 맛있는 점심 메뉴 떠올리기, 출근하며 마실 음료 고르기, 팀원들이랑 나눌 어제 본 재밌는 프로그램 복기하기, 출근길에 들을 플레이리스트 짜보기. 하지만 이런 소소한 방법들로도 도무지 몸이 일으켜지지 않을 땐 어디 가서 말하기도 부끄러운 '월급 쪼개기'를 시도했다.

당연히 일을 하는 이유가 월급이 전부는 아니다. 하지만 월급을 시간당으로 쪼개 계산해보는 건 일을 해야만 하는 분명한 명분이 되기도 한다. 자, 우선 한 달 급여를 출근하는 날인 20일로 나눈다. 그리고 그걸 다시 하루 근무시간으로 나눈다. 야근하지 않고 여덟 시간만 일한다는 가정하에 이 정도라…. 그럼 당장 출근해서 점심시간까지 일했을 때 대강 좋아하는 치킨 한 마리 정도 사 먹을 돈은 생기겠다는 계산이 나온다. 거기서 반나절을 더 버텨 하루가 지나면 사고 싶은 옷 한 벌 값이 나오는 거다!

급여를 일하는 시간으로 나누는 월급 쪼개기 계산법이 통한 건 내 직장 생활이 시간과 돈을 맞바꾸는 일종의 거래였기 때문이다. 우리는 인생의 대부분을 학교든 직장이든 어떤 집단에 속한 채 살아간다. 이 말은 나 또한 휴일을 빼고 원하는 하루를 계획할 수 있는 날이 좀처럼 없었다는 뜻이다. 학생 땐 꼭두새벽부터 늦은 밤까지 하루 종일 학교 안에 갇혀 살았고, 직장에 들어가선 상사와 클라이언트의 일정에 맞춰 모든 사생활을 반납했으니 평생을 누군가의 시간표에 따라 끌려가듯 움직여온 셈이다.

그러다 회사 밖을 나오니 갑자기 내 시간이 여유롭게 흘러넘쳤다. 직장인이었을 때 그저 상상만 하던 날들이 시작된 것이다. 일이 없는 날엔 어디든 갈 수 있는 자유가 생겼고 정해진 시간에 맞춰 출근할 필요도 없었다. 도서관에 가서 책을 읽는 것도, 날씨가 좋은 날 동네 공원을 걸어보는 것도, 조금 먼 카페에 가서 커피를 마시며 음악을 듣는 것도 전부 내 마음대로였다. 태어나 처음으로 원하는 하루를 계획할 자유를 얻은 게 바로 퇴사 후였다.

어딘가로 서둘러 가야 할 이유도 없고 누군가의 눈치를 볼 필요도 없이 내 시간으로 가득한 하루는 낯설고 기뻤다. 잠들기 전 내일을 걱정하지 않는 것이 행복이라는 말도 있지만 내겐 눈을 떠 오늘 할 일을 걱정하지 않는 하루가 새로운 행복이었다. 물론 세상 모든 일에는 빛과 그림자가 있는 법. 시간의 자유라는 반짝임 이면에는 수입의 하향 곡선이 자연스레 따라왔다. 당연하게도 자유를 누린 만큼 수입은 적어졌지만 대신 시간적으론 부자가 되었다.

언젠가 생의 마지막 날이 찾아온다면 다 못 쓰고

가는 돈을 아까워하기보다는 사랑하는 사람들과 함께
한 아름다운 순간들을 떠올릴 것이다. 여름밤에 듣던
풀벌레 소리, 소나기 내리던 창밖 풍경, 은은한 불빛 아
래 음식을 나누던 저녁 시간, 우연히 마주친 핑크빛 구
름과 쏟아지던 별똥별, 새벽 무지개를 보고 달려가던
아이의 뒷모습. 돈으로 사고 싶어도 살 수 없는 그 소중
한 시간들을 말이다.

한때는 월급을 시간으로 쪼개며 자유의 속박을 견
뎠지만 이제는 돈 대신 얻은 시간으로 나의 나날들을
채워간다. 조금 가난할지언정 오래도록 기억할 시간이
많은 사람이 진짜 부자라는 마음으로 그 어느 때보다
여유롭게 나다운 삶을 꾸려가고 있다.

당신은,
당신이 선택한 것으로 이루어져 있다.

닛산 모코 TV광고 (2007)

꿈의 무대,
칸 라이언즈에 가다

칸 라이언즈의 늠름한 사자 트로피를 한 번이라도 꿈꿔
보지 않은 광고인이 있을까? 매년 여름 프랑스 칸에서
열리는 세계적인 크리에이티브 축제 칸 라이언즈는 모
든 크리에이터들이 열망하는 꿈의 축제다. 영화계에 오
스카상이, 연극과 뮤지컬계에 토니상이, 방송계에 에미
상이 있다면 광고계를 대표하는 축제는 단연코 칸 라이
언즈다. 나 역시 오랫동안 그곳을 향한 꿈을 키웠지만
기회는 좀처럼 찾아오지 않았다. 그러다 문득, 이렇게나
가고 싶다면 내 돈으로 직접 가면 되는 거 아닌가 싶어

곧바로 티켓과 숙소를 알아봤지만 떠나기 직전 갑작스러운 건강 문제가 생기는 바람에 계획은 물거품이 되어 버렸다. 그 후론 퇴사까지 했으니 결국 칸의 꿈은 완전히 물 건너 갔다고 생각했다.

그런데 생각지도 못한 기회가 찾아왔다. 평소 인연을 이어가던 칸 라이언즈 한국 사무국 기자님의 감사한 초대로 엉겁결에 프랑스 칸에 다녀오게 된 것이다. 간절히 원하면 이루어진다더니, 정말 진심이 하늘에 닿았던 걸까! 칸 라이언즈 현장은 때마침 70주년을 맞이한 터라 더욱 눈부시게 찬란했다. 뜨거운 햇살이 쏟아지는 해변 도시 칸에는 전 세계에서 날아온 개성 넘치는 크리에이터들이 저마다의 시간을 즐기고 있었다. 곳곳에선 이벤트가 펼쳐졌고 행사장마다 흥미로운 세션이 쉼 없이 열리고 있었다. 엔비디아의 젠슨 황 같은 글로벌 리더부터 뮤지션 윌아이엠, 에바 롱고리아와 핼리 베리 같은 할리우드 배우를 코앞에서 만나는 신기한 경험이 눈앞에 펼쳐졌다. 하지만 모든 셀럽들을 제치고 내가 가장 만나고 싶던 사람은 바로 드로가5의 수장인 데이비드 드로가와 CF감독 킴 게릭이었다.

데이비드 드로가는 세계에서 가장 크리에이티브한 사람으로 손꼽히는 인물이다. 그는 열여덟에 광고 회사 우편물실에서 소포를 나르며 일을 시작했고, 열아홉에 카피라이터가 되자마자 칸 라이언즈를 수상했다. 스물둘엔 크리에이티브 디렉터 타이틀을 달고 스물여섯에 최연소 CCO가 된, 드라마라 해도 너무 비현실적이라 개연성이 떨어진다는 비난을 받았을 정도로 말도 안 되는 커리어를 쌓아온 입지전적 인물이다. 그런 그가 칸 라이언즈의 심사위원장을 맡다니! 데이비드 드로가가 개막식 무대에 등장하는 모습을 볼 땐 정말 꿈인가 싶었다. 어릴 적부터 좋아하던 슈퍼스타를 만난 기분인 채로 칸 라이언즈에서 보내는 모든 시간이 꿈만 같았다.

그리고 거짓말처럼 가장 좋아하는 CF 감독 킴 게릭을 대면했다. 그는 달에 사는 노인과 소녀의 이야기를 그린 크리스마스 광고 〈맨 온더 문Man on the Moon〉, 장애인들이 모델로 출연한 애플의 〈더 그레이티스트The Greatest〉 같은 명작을 연출한 세계적인 감독으로, 그해 칸 라이언즈에서 필름 크래프트 부문 심사위원장을 맡았다. 심사위원과 가까이 대화를 나눌 수 있는 인사이드 더 주어리룸 세션에서 처음 만난 킴 게릭은 파격적인 연출 스타일과 달리 차분하고 겸손한 인상이었다. 세션이 끝난 후에 나는 한국에서 온 팬이라고 스스로를 직접 소개하며 사진을 찍었고, DM으로 사진을 보내며 인사를 나누기도 했다. 오래전부터 마음에 담아온 그와 이렇게 이어지는 날이 올 줄은 꿈에도 몰랐다.

그해 행사가 더욱 의미 있었던 건 내 인생 첫 칸 라이언즈에서 대한민국이 그랑프리를 수상했기 때문이다. 전 세계 30세 이하 크리에이터들이 하나의 주제를 가지고 부문별로 경쟁하는 영라이언즈 컴피티션에서도 전 직장 후배들이 참여해 1위를 수상하는 쾌거를 보여주었다. 대한민국 그랑프리 수상작은 경찰청의 '똑똑' 캠페인으로 가정 폭력 피해자들이 안전하게 도움을 요청할 수 있도록 기획되었다. 112에 전화한 후 스마트폰의 아무 숫자나 똑똑 두 번 누르면 신고자의 카메라로 주변 상황이 실시간 전송되고 경찰이 현장으로 출동하는 이 획기적인 아이디어는 글래스 부문에서 한국 최초로 그랑프리를 수상했다.

칸에서 만난 멋진 사람들과 기발한 캠페인들은 헤아릴 수 없는 영감을 주었다. 피부색도 머리색도 다르지만 같은 직업을 가진 전 세계의 광고인들이 한날 한곳에 모여 있다는 사실만으로도 신기하고 짜릿했다. 앞으로도 이 일을 계속해나가고 싶다는 의지와 더 잘하고 싶다는 용기가 함께 샘솟았다.

　　행사장 곳곳에는 칸 타이언즈의 상징인 용맹한 사자들이 반겨주고 있었다. 메인 행사장 지하에도 각 부문을 대표하는 다양한 디자인의 사자 트로피들이 유리장 안에 진열되어 있었는데, 그 모습이 마치 자신들을 세상 밖으로 꺼내줄 다음 주인공을 기다리는 것만 같았다. 그리고 언젠가 그게 내가 될 수도 있지 않을까 생각해보았다. 못 할 건 없다. 꿈의 방향으로 계속 걸어가다 보면 언젠가는 반드시 그 끝에 닿게 될 테니까.

꿈에 힘을.
힘에 꿈을.

노무라증권 포스터 (2016)

인공지능 광고의 시대

칸 라이언즈에 다녀온 다음 해인 2024년에는 운 좋게도 서울에서 열리는 칸 라이언즈 행사에 연사로 참여할 기회를 얻었다. 하지만 기쁨도 잠시, '누구나 AI 크리에이티브 디렉터'라는 호기 넘치는 제목으로 주제를 던져놓은 뒤 과연 내가 인공지능에 관한 강연을 할 수 있을지 후회와 걱정이 물밀 듯 밀려왔다. 심지어 연사 라인업에는 그야말로 인공지능 전문가들이 대거 포진해 있었다. 이미 엎질러진 물을 주워 담을 수 없다면 바닥이라도 반짝이게 닦자는 심정으로 무한 긍정 회로를 돌리며 나는 전문가들 틈에서 나만이 할 수 있는 이야기를 찾아보기로 했다.

최근 몇 년간 광고계의 화두는 단연 AI였다. 몇 날 며칠이 걸려야 완성할 수 있었던 고퀄리티의 이미지가 단 몇 초 만에 생성되기 시작하자 디자이너들은 불안해했고, 그 일을 업으로 삼고 살아가던 작업자들은 당장 일감이 떨어지기 시작했다. 카피를 전문적으로 써주는 AI가 등장하고 거대언어모델 AI가 눈부신 성장을 보여주자 카피라이터의 일 역시 위협받았다. 업계마다 AI 때문에 큰일이라며 아우성이었다.

사람들은 직접 경험하지 못한 일에 더 큰 두려움을 갖는 경향이 있다. 나 역시 시험 결과 확인을 미루는 아이처럼 막연한 두려움에 AI 공부를 미뤄오고 있었다. 하지만 알면 보이고 보이면 사랑하게 된다는 옛말처럼 AI를 이해할수록 AI를 사랑할 수 있지 않을까 하는 생각이 조금씩 고개를 들었다.

준비를 위해 일단 전 세계의 강의를 들을 수 있는 '코세라Coursera'에 접속하니 AI와 관련한 여러 강의가 눈에 띄었다. 유튜브에서도 AI와 관련된 정보들이 넘쳐났다. 조금씩 공부하며 인공지능을 알아갈수록 AI란 인간의 뇌 구조를 따라 그린 디지털 드로잉 같다는 생각이 들었다. 그리고 그 드로잉은 나날이 세밀해져서 결국 인간을 넘어서는 존재로 현실화되고 있었다.

　　보통 영상 제작은 콘티-촬영-편집-2D&3D-녹음 순서로 진행된다. 인간이 단계별로 각기 다른 역할을 담당하듯 나도 AI 프로그램 각각의 역할부터 익혀나갔다. 먼저 챗GPT에겐 영상 콘티 제작을 의뢰했다. 슬럼프에 빠진 카피라이터가 AI라는 요정을 만나 답을 찾아가는 내용의 스토리를 제작해달라 입력하자 1분 길이의 스토리보드에 대사까지 야무지게 정리되었다. 미드저니에겐 90년대 스타일의 빈티지 애니메이션 이미지를 요청했다. 한 컷 그리는 데 며칠은 걸렸을 이미지들이 단 몇 초 만에 계속 생성되었다. 이렇게 뽑아낸 이미지들은 런웨이에 넣어 짧은 영상으로 전환했다. AI의 고질병 같은 실수 때문에 매번 캐릭터의 손가락 개수를 세어보느라 바빴지만 결과물을 예측할 수 없다는 점이 랜덤 뽑기처럼 흥미롭기도 했다. 수노에겐 배경 음악 제작을 부탁했다. 나의 요청 사항은 지브리 느낌의 오케스트라에 모험을 떠나는 스토리텔링이 느껴지는 레트로풍 시티팝 음악을 만들어달라는 것이었다. 실제 녹음실에서 이런 요청을 했다면 그 자리에서 쫓겨났겠지만 수노는 요청에 찰떡같이 어울리는 노래를 만들어냈다.

이 모두를 합치자 마침내 최종 영상이 완성되었다. 파일명을 '천만번의 삽질'이라 이름 붙인 이 영상은 여러모로 엉성했지만 태어나 처음 AI로 직접 만든 결과물이기에 한편으로는 한없이 뿌듯했다. 몇 주 동안 애정을 쏟아부은 나의 첫 AI 영상은 행사장이었던 영화관에서 무사히 상영되었다. 마지막 장면에서 주인공의 팔이 반대로 꺾여 있다는 걸 뒤늦게 발견하고 공포에 소리를 지르긴 했지만 말이다.

광고는 더 이상 아트와 카피의 결혼에 머물지 않는다. 이제 광고는 스토리와 디자인, 크리에이티브와 기술의 행복한 동거다. AI를 사용하는 건 함께 일할 수 있는 최고의 업무 파트너가 생긴 것과도 같다. 요즘도 새로 맡은 프로젝트의 배경이 궁금할 땐 정보를 묻기도 하고 내가 낸 아이디어가 어떤지 의견을 구하기도 한다. 카피를 쓰다 적절한 단어가 떠오르지 않거나 시안 이미지를 만들 때도 AI는 이제 없어선 안 될 가장 친애하는 동료가 되었다.

먼 옛날부터 인간은 도구로 신체를 확장해왔다. 도끼는 팔의 확장, 자동차는 다리의 확장이었듯 AI는 두뇌를 확장하는 도구인 셈이다. 우리의 창의력을 증폭시켜주는 도구에서 출발한 AI는 스스로 계획하고 실행하는 자율형 인공지능으로 진화하고 있다. 그리고 머지않아 인간의 지능을 초월하는 슈퍼인텔리전스, 즉 초지능으로 나아갈 것이라는 전망도 등장했다. 앞으로 AI는 과연 어떻게 세상을 바꿔나가고, 내 일은 또 어떻게 달라질까? 하지만 AI가 누구나 크리에이티브 디렉터가 되는 시대를 열었기에 이젠 만드는 사람보다 만든 것을 해석하고 큐레이션 하는 인간성이 중요해지는 시대가 다시 찾아올 거라 생각한다. 결국 인간의 가치관이 다시 존중받는 시대 말이다.

세상은 놀라울 만큼 변해간다.
하지만 인간에게 필요한 것은
그렇게 크게 변하지 않을 것이다.

칼로리메이트 TV광고 (2020)

직장인에서 직업인으로

해외 나갈 때마다 입국신고서의 직업란이 고민이었다. 카피라이터라고 쓰자니 하나도 안 궁금한데 구구절절 알려주는 것 같았고, 크리에이티브 디렉터라고 쓰자니 무슨 일을 하는 사람인지 알다가도 모를 것 같았다. 그냥 깔끔하게 회사원이라 적는 게 나은가 싶었지만 과연 이걸 직업이라고 부를 수 있을까 의문이었다.

결국 정해진 답은 없었고 그날그날 기분에 따라 떠오르는 걸 골라 썼다. 카드를 발급받을 때도, 설문 조사를 할 때도, 새로운 서비스에 가입할 때도 언제나 직업란은 고민되는 항목이었다. 객관식인 직업란에서 카피라이터를 찾는 건 너구리 라면에서 다시마 두 개 발견하기보다 어려웠기에 그때마다 방송, 예술, 스포츠 종사자와 사무직 사이에서 갈팡질팡하기 일쑤였다.

그런데 왜인지 요즘은 직업을 묻는 질문에 조금 더 쉽게 답할 수 있게 됐다. 아마도 이제는 직장인이라는 신분에서 벗어나 직업인으로 살고 있기 때문 아닐까. 직업인으로 산 지 어언 3년 차가 되니 매일 눈비를 뚫고 출근하던 날들이 먼 옛날 일처럼 까마득하게 느껴지지만 일을 하는 즐거움은 그때보다 더 커졌다. 할 수만 있다면 10년 차, 20년 차, 그 너머까지 오래오래 직업인으로 일하며 살고 싶은 마음이다.

직장인일 때는 회사에 다니지 않는 삶의 형태가 잘 상상되지 않았다. 매일매일이 연차 같을 그 많은 날에 대체 무얼 하며 보낸단 말인가! 하지만 막상 프리랜서가 되고 보니 하루하루가 바쁘게 흘러갔다. 삶에서 일하는 시간의 총합이 확실히 줄긴 했지만 일의 깊이나 강도는 훨씬 더 높아졌다. 직장에선 팀으로 움직이며 여러 명이 업무를 나눠 맡지만 지금은 그 모든 걸 혼자 처리해야 하기 때문이다. 프리랜서란 일의 방향을 결정하는 회사의 대표이자, 대소사를 챙기는 막내 사원이자, 예산을 관리하는 총무팀이자, 함께 일할 파트너를 물색하는 인사팀이자, 아이디어를 내는 제작팀이자, 클라이언트를 설득하는 기획팀이다. 입금과 출금, 계약서 작성, 보고와 미팅, 세금계산서 발행, 사무실 청소까지 스스로 해내야 하는 머어어어어어얼티 플레이어의 삶인 셈이다.

혼자 처리해야 할 일이 많은 건 사실이지만 불필요한 회의, 평가, 면담 같은 조직 업무가 거의 없기 때문에 시간만 잘 조율하면 틈틈이 일상을 즐길 여유가 생긴다. 다만 여러 날 혼자 일하다 보면 사람들과 팀으로 함께 일하던 시절이 그리울 때도 있다. 서로 아이디어를 공유하며 의견을 나누고 문제를 해결해나가던 협업과 합심의 기억은 고단함 속 단비 같은 즐거움이었으니까.

얼마 전에는 앞으로 해보고 싶은 직업 몇 개를 버킷 리스트에 추가했다. 앞으로의 인생을 위한 새로운 장래희망을 적어본 것이다. 그중 몇 가지를 소개하자면 외국인에게 한국어를 가르치는 한국어 선생님, 광고와 카피 노하우를 전하는 강사, 사람과 사람을 이어주는 커뮤니티 운영자, AI를 다루는 크리에이티브 디렉터, 비디오 팟캐스트 진행자, 심리 상담과 명상을 진행하는 공유 오피스와 공유 주택 운영자, 케이팝 작사가…. 지금까지의 경력을 발판 삼아 확장해보고 싶은 일이 아직도 꽤나 많다. 앞으로는 100세 시대를 넘어 120세, 140세 시대가 찾아온다고 하니 한 가지 직업으로 평생을 살아가는 건 너무 지루하지 않을까.

작은 풀벌레도 계절마다 탈피하고 보이지 않는 바이러스도 시간이 지나면 다른 모습으로 진화하는데, 사람으로 태어나 하나의 직업만을 가진 채 정해진 삶의 모양으로 사는 건 어쩐지 아쉽고 안타깝다. 물론 한 직업을 갖고 평생을 살아가는 것도 의미 있고 가치 있는 일이지만 나는 이왕이면 못 해본 여러 개의 일을 더 많이 다채롭게 경험하고 싶다. 더 오래, 더 즐겁게, 더 자유롭게 일하며 한 걸음 달라진 나를 만날 수 있도록. 회사라는 거인의 어깨에서 내려와 내 어깨로 직접 세상과 부딪히며 할 수 있는 최선을 발견할 수 있도록.

세상은 한 사람의
복수형으로 이루어져 있다.
당신이라는 한 사람은
수많은 삶으로 이루어져 있다.
그 모든 것이 누구보다
당신을 당신답게 만든다.

NTT 도코모 TV광고 (2017)

일이 언제부터 자신의 쓸모를 증명하는 바로미터가 되었을까. 원시의 인류에겐 일이라는 개념조차 없었을 텐데 말이다. 과거에는 매일 과일을 따 오거나 식량을 사냥하는 일이 자신의 능력치를 선보이는 중요한 일이었을 것이다. 그렇다면 인류의 조상들도 아침마다 '정말 과일 따러 가기 싫다…' '오늘만 어떻게 사냥 좀 빠질 수 없나?' 하는 식으로 오늘날의 직장인과 같은 마음을 품었을지 모른다.

내게 일이란 무엇인지 곰곰이 생각해보면, 일과 나

의 관계는 오래 만난 연인처럼 계속해서 변해왔다. 초반에는 그야말로 일이 인생의 전부였기에 거기에 내 모든 생활을 내어줬다. 너무 많은 일을 하고 있었지만 그때는 그런 감각조차 없었다. 오히려 그걸 다 해내는 내가 자랑스러웠을 뿐이다.

한번은 영국인 친구와 근황을 나누며 어제도 밤까지 일했고 주말에도 출근을 해야 한다고 말했더니 그는 내가 심각한 워커홀릭이라고 진단했다. 우려의 말이었겠지만 사실 당시 내겐 최고의 칭찬이자 찬사였다. 지금 와 생각해보면 열심히 일하는 게 미덕이라는 일스라이팅을 당했던 것 같지만 아무튼 그래서 입사 후 몇 년간은 일 외에 남은 기억이 별로 없다. 인생에서 몇 년을 툭 자른 것처럼 그 시절에 유행한 드라마, 영화, 노래도 여전히 잘 모른다. 회사에서 보내는 시간이 너무 길어서 밖의 일상이 거의 없던 것이다.

워커홀릭 생활을 즐긴 건 맞지만 좋아하는 일을 한다고 늘 행복한 건 아니었다. 일만 하다 보니 어떨 땐 슬금슬금 멀어지고 싶기도 했다. 일은 여전히 사랑의 대상이었지만 어떤 날은 생각만 해도 진절머리가 났다. 그러면서 일에 대한 고민도 자라기 시작했다. 이 일이 과연 내게 맞는 걸까? 더 잘 맞는 다른 일이 있는 건 아닐까? 내가 놓친 다른 기회가 있는 건 아닌지 불안했고 한 번쯤은 새로운 길을 가보고 싶다는 생각도 들었다. 그러다 보니 출근길 발걸음은 점점 무거워졌고 좋아하던 일도 점차 흥미가 떨어졌다. 사람들은 그걸 번아웃이라고 불렀다. 그때는 무엇이든 지나침을 경계해야 한다는 걸 몰랐다. 공부나 운동처럼 무조건 열심히 하면 적어도 안 좋은 결과를 낳은 적은 없었으니 일도 무조건 열심히만 하면 언젠가 좋은 결과를 가져올 거라 생각했다. 하지만 시간이 지나면서 사람도 일도 좋아하는 대상과는 어느 정도 거리를 두는 게 나을 때가 있다는 걸 깨달았다.

워커홀릭과 번아웃 시기를 번갈아가며 겪은 내 이력서에는 그렇게 한 줄 한 줄의 경력이 쌓여갔다. 뜨거운 불과 차가운 물을 오가며 강해지는 무쇠처럼 극과 극을 오가며 멘탈은 점점 강해졌지만 체력은 눈치채지 못한 새에 사르르 녹아내렸다. 몸이 신호를 보내는데도 악으로 깡으로 버티던 나는 결국 중요한 해외 촬영을 앞두고 몸이 전면 파업을 선언하는 바람에 프로젝트에서 중도 하차할 수밖에 없었다. 체력은 약한데 정신력만 강한 불균형은 언젠가 예상 못한 불상사를 불러오는 법이다. 그 후로는 건강을 잃으면 모든 것을 잃는다는 흔하고 뻔하던 어른들의 말씀을 가슴 깊이 새기며 일하고 있다.

이제는 예전처럼 일이 좋다는 이유로 24시간 일만 하지 않는다. 짜장면이 좋다고 매일 먹어대면 탈이 나듯 일이 좋다고 무작정 많이 하면 언젠가 댓가를 치른다는 걸 안다. 지금은 능률이 오를 때 최대치로 집중력을 끌어올려 할 수 있는 만큼만 일한다. 틈틈이 간식도 먹고, 스트레칭도 하고, 일과 상관없는 사이트도 탐방하며 중간중간 몸과 머리가 쉴 시간을 끼워 넣는다.

좋아하는 일을 오래 하고 싶다면 그 답은 의외로 일을 '덜' 하는 것이다. 적당한 거리를 지키면 관계는 더 오래가고 마음은 깊어지게 마련이다. 그렇게 나는 좋아하는 일로부터 한 발짝 뒤로 물러서는 법을 배웠다. 그 한 걸음이 결국 나를 더 멀리 데려다줄 거라 믿으며.

하루쯤 쉰다고 해도
길게 보면 아무 일도 아니야.
교토의 달이 말하고 있다.

JR 도카이 TV광고 (1992)

일하며 만난 수많은 인연은 퇴사와 함께 사라졌다. 안 보면 멀어지고 멀어지면 잊히는 게 인생의 순리이기에 그렇게 아쉽거나 서운하지는 않았다. 오히려 관계의 다이어트 덕분에 삶이 한결 가벼워지기도 했다. 하지만 일이 끝나도 계속해서 이어지는 사람들이 있다. 일로 만나 인생을 함께 나누게 된 소중한 사람들. 내겐 그중 하나가 '노곤회' 친구들이다.

노곤회는 20년 넘게 지속된 첫 회사 직원 모임이다. 우리도 이렇게 오래 만날 줄 몰랐기에 가끔 함께한

햇수를 세어보며 깜짝 놀라곤 한다. 격무에 지쳐 노곤 노곤한 사람들의 모임이라는 의미로 시작한 노곤회는 미스코리아 모임인 '녹원회'를 패러디해 붙인 이름이 다(물론 미스코리아급 평균 신장을 제외하면 그다지 닮은 점은 없긴 하다). 노곤회는 사실 흔한 회사 동료들의 점 심 모임에서 출발했다. 때마다 생일을 챙기고 계절마다 제철 음식을 먹으며 가볍게 만나던 우리는 긴 시간을 통과하며 동료에서 친구로, 친구에서 가족 같은 존재로 바뀌어갔다.

이 모임이 오래갈 수 있었던 건 같은 업계에서 함 께 고생하며 쌓아온 유대감 덕분이다. 우리가 함께 일 한 회사는 별별 인간의 집합소라 할 수 있는 신기한 곳 이었다. 자정 넘어 퇴근 대신 족발을 사 오라 시키던 상 사, 매일 저녁 회사 전화로 국제전화를 걸던 기러기 아 빠, 밥 대신 삼시 세끼 커피만 마신다고 주장하던 기인, 사랑을 찾아 무단 퇴사한 사랑꾼 직원…. 세월이 흘러도 두고두고 꺼낼 사건 사고가 끊이지 않던 참으로 특이한 회사였다. 그런 곳에서 서로를 의지하며 버텨낸 우리이 기에 이제는 일종의 전우회 같은 느낌도 든다. 지금은 모두 그 회사를 나와 각자의 길을 가고 있지만 여전히 성공은 함께 축하하고 분한 일은 함께 분개하며 인생의 기쁨과 슬픔을 나누고 있다.

노곤회 외에도 일을 하며 만난 좋은 친구가 많다. 독일에 터를 잡았지만 매년 한국에 올 때마다 만나는 전 직장 친구도 있고, 뉴욕으로 떠났던 인생 첫 입사 동기와도 아직 연락을 주고받는다. 광고주와 광고 회사 담당자로 만나 지금까지 관계를 이어가는 친구도 있다. 이렇게 일은 끝나도 관계는 지속된다. 좋은 사람들은 직장을 넘어 인생에 남는다. *회사 사람과의 진짜 관계는 회사 밖을 나가면서부터 시작될지도 모르니 미리 선을 그을 필요는 없다.*

물론 절대 넘지 말아야 할 선도 있다. 다른 사람의 험담을 함부로 하지 않는 것. 직장인의 뒷담화야말로 꽉 막힌 회사 생활을 해소해주는 막간의 소화제긴 하지만 시간이 지나면 가볍게 나눈 이야기라도 결국은 당사자의 귀에 들어가는 경우가 많다. 꼭 하고 싶다면… 그 사람 앞에서도 할 수 있는 정도의 이야기만 한다는 나름의 기준을 세워보면 어떨까. 일이 소중한 만큼 함께 일하는 사람도 소중하다는 걸 떠올려보면서 말이다. 실은 나도 과거에 그렇지 못했기에 스스로에게 하는 다짐이기도 하다.

좋은 사람들과 함께라면 일은 삶이 되고 또 다른

의미가 된다. 이제 와 돌아보니 결국 시간이 흘러 남는 건 일보다 사람이었다. 회사를 떠난다고 그 안에서 맺은 관계들마저 유효기간이 끝난 통조림처럼 버려지는 게 아니었다. 어디서 무엇을 하든 우리는 여전히 서로의 이름을 불러주는 다정한 관계로 남을 수 있다. 물음표 투성이인 직장 생활에서 마음을 쉬게 해주는 좋은 사람들을 만나는 것이야말로 서로에게 더 없는 쉼표가 되어주는 경험이 아닐까.

사람은, 사람과 함께 살아가는 거야.

미쓰이스미토모 그룹 TV광고 (2011)

덕후의 기본 소양은 N차 관람이라지만 나는 본 걸 또 보는 게 가장 괴로운 사람이다. 나를 괴롭히고 싶다면 같은 영화를 반복해서 보게 하면 되고, 같은 책을 두 번 세 번 읽게 하면 된다. 성향이 이러니 인생에 N차 관람을 하는 일이 흔치 않았다.

그런데 이런 내가 무려 다섯 번이나 본 영화가 있다. 바로 〈위키드〉다! 뮤지컬까지 합치면 열 번은 보았으니 살면서 접한 모든 콘텐츠 중에서 가장 많이 본 셈이다. 심지어 영화는 무려 세 시간에 달한다. 엉덩이가 저려오는 그 긴 시간을 다섯 번이나 꾹 참고 볼 수 있던 건 두 소녀의 우정과 성장 서사가 눈물 나게 감동적이기 때문이다. 특히 〈중력을 거슬러Defying Gravity〉가 흐르는 마지막 장면은 영화라는 장르를 만든 인간의 상상력과 창의력에 경외심마저 느끼게 하는 대목이다. 함께 본 친구는 마지막 장면만 따로 잘라 상영해도 기꺼이 다시 볼 의향이 있다고 했을 정도다.

머칠 새 다섯 번을 몰아 보다 보니 신기하게도 매번 새로운 장면이 눈에 들어왔다. 이 맛에 N차 관람을 하는구나 싶었다. 처음으로 같은 콘텐츠를 여러 번 보는 즐거움을 만끽하던 그때, 한 장면에서 문득 새로운 생각이 떠올랐다. 희뿌연 연기를 뿜어내며 큰 눈을 굴리던 오즈의 마법사 가면 뒤로 실제 마법사가 등장하던 장면에서 '이런 게 바로 직장 생활 아닌가!' 하는 생각이 든 것이다. 극 중에서 오즈의 마법사는 위대하고 신비로운 신성불가침의 존재로 여겨지고 모두가 그에게 경외와 존경의 눈길을 보낸다. 하지만 가면이 벗겨지자 막상 드러난 실체는 힘없고 초라한 한 노인에 불과했다. 세상을 호령하던 마법사의 권위는 한낱 인간의 허상에 불과했던 것이다.

직장에서도 비슷한 경험을 한 적이 있다. 한 업계

에서 오래 일하다 보면 갑과 을의 역전극을 종종 목격하게 된다. 무소불위의 권력을 휘두르던 갑이 하루아침에 을이 되고, 을의 위치에 있던 사람이 어느 날 새로운 갑이 되어 등장하는 식이다. 나 역시 그런 변화의 한가운데 서 있던 적이 있다. 작은 회사에서 큰 회사로 옮겼을 때, 대기업에서 1인 기업으로 위치가 바뀌었을 때, 그저 직장과 소속이 달라진 것뿐인데 세상은 나를 다른 시선으로 보았다. 명함에 적힌 회사명으로 내 가치를 평가한 것이다.

그걸 깨달은 후론 직함이 곧 능력이고 소속이 곧 실력이라는 착각을 경계했다. 가끔씩 조직의 명성으로 자신을 증명하려는 사람들을 마주할 때가 있다. 본인 밑에 수십 명이 있다던가, 자기 회사 연 매출이 얼마라던가 눈에 보이는 숫자로 스스로의 지위를 과시하는 사람들. 그들의 명함에는 이름보다 화려한 타이틀이 새겨져 있다. 하지만 그때마다 이런 질문이 떠오른다. '그 명함이 사라졌을 때, 이 사람에게는 무엇이 남을까?'

영원한 직장은 없고 영원한 명성도 없다. 이 시대의 사상가 지드래곤도 "영원한 건 절대 없어"라고 하지 않았던가. 그럼에도 우리는 종종 껍데기에 휘둘리고 가면에 속는다. 하지만 진짜 중요한 건 껍데기가 아닌 내면이다. 명함에 적힌 회사명도, 그럴듯한 직함도, 반짝이는 타인의 시선도 언젠가는 벗겨진다. 결국 남는 건 진짜 내 모습뿐이다.

사회적 가면을 벗었을 때 진짜 실력과 내공을 가진 사람은 얼마나 될까. 평소 경외하던 존재, 부러워하던 존재의 실체도 사실은 별거 아닐 수 있다. 우리에겐 권위라는 가면이 벗겨졌을 때 드러날 민낯을 마주하는 용기가 필요하다. 결국에는 명함이나 사원증이 아니라 어떻게 살아왔는지가 남으니 말이다. 남에게 휘둘리지 않고 나라는 사람의 중심을 잃지 않는 것. 그게 진짜 힘이고 권력이다.

가장 새로운 나를
가장 자랑스러워할 수 있도록.

큐피 90주년 TV광고 (2015)

하늘은 누구에게나 열려 있다
길은 누구에게나 열려 있다
가능성은 누구에게나 열려 있다

비행은 소수를 위한 특별함이 아니다
누구나의 삶에 날개를 달아주는 힘이다

Fly with your dream.
Now, everyone can fly.

에어아시아 생각 노트 중 (2016)

에어아시아는 말레이시아어 본사를 둔 저비용 항공사로 캐주얼하면서도 독특한 문화를 지닌 브랜드다. 이 문장은 땅이 모두에게 열려 있듯 하늘도 누구나에게 열려 있어야 한다는 생각, 누구라도 떠날 수 있는 기회의 가치를 전하고 싶다는 마음으로 노트에 적어두었던 것이다. 아쉽게도 최종안은 전혀 다른 메시지가 나갔지만.

당시 브랜드 앰배서더는 맨체스터 유나이티드 주장으로 활약했던 박지성 선수였다. 촬영을 앞두고 혹시라도 인파가 너무 몰리진 않을까 걱정했지만 촬영이 시작되자 괜한 걱정이었다는 걸 깨달았다. 영국에서 한창 활동 중인 그가 경기도의 어느 지하철 역에서 광고 촬영을 하고 있으리라곤 아무도 생각지 못한 것이다. 정장에 선글라스 차림이었으니 더더욱 그랬다. 그저 스쳐 지나가던 행인 한 명이 "오, 저 사람 꼭 박지성 닮았다"라고 한 뒤 사라졌을 뿐. 그때는 말하지 못했지만 이제는 말할 수 있다. 네, 그때 그분 진짜 박지성 선수 맞았습니다.

3

먼저 손

내미는 습관

익숙함을 흔드는 도시

토론토 피어슨공항에 들어섰을 때 처음 든 느낌은 새벽 거리 같다는 거였다. 북미에서 가장 큰 공항이라는 수식이 무색하게 공기는 차분했고 사람들은 느긋했다. 공항 밖을 나와서도 한적한 분위기는 바뀌지 않았다. 캐나다에서도 가장 많은 사람이 모여 사는 대도시라지만 널찍한 거리 때문인지 적은 인구밀도 때문인지 걷는 내내 누군가와 어깨 한번 부딪힐 일도 없었다. 다들 일정한 간격을 두고 흩어져 걷다 보니 서울에선 좀처럼 만나지 못했던 나만의 공간과 감각이 생기기 시작했고,

이 도시에 나를 아는 사람이 아무도 없다는 익명성은 마음을 더욱 느긋하게 만들어주었다.

내가 경험한 토론토는 작은 지구촌 같았다. 세계 곳곳에서 온 사람들이 각자의 방식으로 살아가는 작은 지구촌. 레바논, 아프가니스탄, 이스라엘, 모로코… 한국에선 보기 힘든 다양한 언어의 간판이 걸린 식당들과 음식만큼이나 달랐던 거리의 냄새, 여름이지만 선선한 공기와 투명한 하늘빛. 여기선 어떤 모습이건 조금 다르게 살아도 괜찮다는 분위기가 있었다. 낯선 도시에 처음 온 내가 편안함을 느낀 것도 문화의 포용력 때문이었을지 모른다.

캐나다라는 나라가 더욱 선명히 보인 건 며칠 후 TV를 연결했을 때다. 눈길이 먼저 간 건 역시나 광고였다. 사실 광고란 한 나라의 문화를 가장 직관적으로 보여주는 창이다. 빠른 편집, 현란한 카메라 워크, 트렌디한 비주얼로 일단 시선을 빼앗는 한국 광고는 속도와 효율과 트렌드를 중시하는 다이내믹한 문화를 여실히 보여준다. 반면 캐나다 광고는 한결 부드럽고 느긋했다. 자연광이 은은하게 깃든 화면, 꾸밈없는 일상, 차분한 편집감. 모든 것이 마치 "급할 거 없어. 원하면 사도 좋고 아니어도 괜찮아"라고 말하는 듯했다.

다양성을 중시하는 캐나다의 가치는 광고에서도 뚜렷이 드러났다. 한 광고에는 휠체어를 탄 여자가 주인공으로 등장했다. 장애인을 위한 서비스를 소개하는 내용인가 싶었지만 그냥 일반적인 호텔 예약 플랫폼 광고였다. 휠체어를 탔을 뿐 여자는 그저 여행을 떠나는 한 사람이었던 것이다. 또 다른 광고에선 엑스트라 모델이 휠체어를 타고 자연스럽게 등장했다. 휠체어를 탄 엑스트라 모델은 한국에서 생각도 못한 접근이었다. 크리스마스 선물로 하이힐을 받고 기뻐하는 남자와 집들이 손님을 맞이할 준비 중인 동성 커플까지, 여기서는 장애도 인종도 성별도 상관없이 누구나 광고 속 일상의 한 장면이 될 수 있었다.

광고도 광고지만 가장 의외였던 건 자연이다. 웅장한 대자연이라서가 아니다. 오히려 일상 속 곳곳의 자연에서 한국과 확연한 차이를 느꼈다. 놀랍게도 여름인데 모기가 한 마리도 없었고 매미는 어디가 아픈 듯 조용히 울었다. 찌르르 나는 소리를 들으면 분명 매미가 맞는데 귀를 기울여야 들릴 정도로 작았다. 또 공원에선 벌이 많이 날아들었는데 사람들 말로는 여기 벌은 순해서 웬만하면 잘 쏘지 않는다고 했다. 자연도 캐나다의 박자에 맞춰 느긋해진 걸까.

캐나다는 아침 방송 진행자도 지각을 했다. 빠지는 날은 또 어찌나 많은지. 즐겨 보던 아침 방송 진행자들은 전원이 제시간에 참석하는 날이 거의 없었다. 아침 여섯 시부터 한 명이 진행하다 한 시간 뒤에 다른 진행자가 슬며시 합류하는 식이었다. 메인 진행자가 둘 다 없어서 보조 진행자가 메인 역할을 할 때도 있었다. 한국에서라면 상상도 못할 일이다. 뉴스는 또 얼마나 슴슴한지 최소한의 정보만 간단히 전하고 끝이었다. 사건의 세세한 소식까지 낱낱이 풀어내는 한국 뉴스와 달리 여긴 딱 정확한 사실만 짧게 전했다.

조금 다르게, 조금 느리게 살아가는 이곳 사람들을 보자 한국에서 계단을 두세 칸씩 오르내리며 뛰어다니던 내 모습이 떠올랐다. 우리는 너무 열심히 살아왔다. 근면과 성실이 자원이자 무기였지만 경쟁은 고단했고 휴식은 소원했다. 만일 내가 캐나다에서 나고 자랐다면 어떤 사람이 되었을까? 여기서 일했다면 내 아이디어와 카피는 어떻게 달라졌을까? 나에게 중요한 신념과 가치가 이곳에선 어떻게 작용했을까? 비슷비슷한 인생과 익숙했던 삶의 형태를 돌아보며 지금껏 맞다고 생각해온 것들이 그렇지 않을 수도, 옳다고 생각한 것들이 틀릴 수도 있겠다는 생각이 들었다. 다른 문화에서 한 시절 잠시 살아본 경험은 나를 지탱하는 모든 걸 흔들어놓는 일생일대의 사건으로 마음속에 기록되었다.

진정한 여행의 발견은
새로운 풍경을 보는 것이 아니라
새로운 시각을 갖는 데 있다.
사람이 여행을 떠나는 것은,
어쩌면 새로운 자신을
만나기 위해서일지도 모른다.
인생에 여행이라는 기쁨을.

JAL카드 TV광고 (2014)

여유에서 나오는 힘

캐나다로 떠나자고 결심한 건 프리랜서로서 일이 술술 풀려가던 즈음이다. 오래전부터 막연히 품어온 해외에서 살아보고 싶다는 꿈을 현실로 만들기로 했다. 늘 발목을 잡던 출근과 직장이라는 핑곗거리도 사라진 터라 떠나기에 적기였다. 여행지로도 가본 적 없는 캐나다에서 잘 살아낼 수 있을지 불안함이 엄습했지만 나는 알고 있었다. 이 불안한 마음이 멋진 도전의 신호라는 걸.

갈까 말까 할 땐 가고 할까 말까 할 땐 하라고 하지 않았는가. 급한 성격이 추진력이 되어 일은 일사천리로 진행되었다. 관련 온라인 카페에 가입해 정보를 모으고 여기저기 살 곳을 알아보며 넓디넓은 캐나다에서 정착할 곳을 정했다. 비자 접수부터 사무실 정리까지 몇 달간 산더미 같은 일을 해치운 후에야 겨우 나는 캐나다에 도착할 수 있었다. 공항에서 짐 가방 하나를 깜빡하고 빠져나온 걸 제외하면 모든 게 계획대로 이루어졌다. 걱정했던 집 잔금 처리, 전화 개통, 인터넷 연결도 모두 번갯불에 콩 구워 먹듯이 착착 해결되었다.

남은 건 일하는 환경을 만드는 일이었다. 노트북 하나로 어디서나 업무를 해내는 디지털 노마드의 삶을 꿈꿔온 나에겐 가장 신나는 일이 남은 셈이었다. 문제는 사무실이었다. 빌리자니 렌트비가 너무 비쌌고 근처에는 큰 카페도 별로 없었다. 머물던 콘도의 카페엔 테이블과 의자가 있었지만 업무에 필수적인 콘센트가 없었다. 게다가 한국과 달리 카페가 대부분 아침 장사 위주다 보니 오후 다섯 시면 문을 닫는 것도 문제였다.

고심 끝에 내가 찾은 해답은 도서관이었다. 토론토에는 크고 아름다운 도서관이 많았다. 나는 도서관을 일터이자 놀이터이자 학교이자 카페처럼 이용했다. 마음 편히 책 읽는 건 물론이고 노트북을 펼쳐 일하거나 커피를 마시며 대화를 나눌 수도 있었고 한 번에

40권까지 책을 빌릴 수도 있었다. 무료로 영어를 배우거나 온라인으로 각종 수업을 들을 수도 있었기에 일할 때나 공부할 때나 친구를 만날 때나 도서관은 최고의 장소였다.

토론토의 도서관들은 한국과 분위기가 사뭇 다르다. 한국 도서관이 숨소리마저 조용해야 하는 침묵의 공간이라면 토론토 도서관에는 자유로움이 흐른다. 자리에 앉아 간단한 식사를 하거나 대화를 나누는 것도 가능하다. 심지어 통화를 하거나 소리를 켜고 동영상을 시청하는 사람도 있다. 도서관 한쪽에는 누구나 이용 가능한 대형 프린터가 있고 피아노 연습실과 재봉틀이 놓인 바느질 공간까지 있다. 지역 주민을 위한 행사나 외국인끼리 다과를 즐기며 대화를 나누는 모임도 자주 열리고, 아이들은 책으로 꾸며진 놀이터에서 독서와 함께 놀이를 즐긴다. 가끔 더위와 추위를 피해 들어온 노숙자가 의자에 누워 있기도 했지만 아무도 그들을 내쫓지 않았다. 누구에게나 열려 있는 동네 사랑방 같은 곳이 도서관이었다.

환경이 바뀌니 일하는 방식도 달라졌다. 가장 먼저 눈에 띈 변화는 온라인 미팅이 일상이 됐다는 거였다. 얼굴을 맞대야 대화가 된다고 믿던 사람들도 팬데믹 이

후 온라인 미팅에 익숙해진 터라 다행이었다. 서울과 열네 시간이라는 시차가 나긴 했지만 그게 오히려 신의 한 수였다. 한번은 어느 브랜드의 매우 급한 론칭 캠페인을 맡았는데, 그때는 한국의 저녁이자 이곳의 아침인 아홉 시 경에 오리엔테이션을 받았다. 그러곤 낮 동안 카피를 써 밤에 전송하면 한국은 다시 아침이기 때문에 출근과 동시에 카피를 받아볼 수 있었다. 이른바 카피 새벽 배송 시스템! 밤과 낮이 뒤바뀐 시차 덕분이었다.

처음엔 과연 외국에서 일을 잘 꾸려갈 수 있을까 염려했지만, 오히려 한국에서 일일이 챙겨야 했던 자잘한 일들이 적어지고 약속도 줄어드니 업무에 더 몰두할 수 있다는 장점이 있었다. 가뜩이나 평화로운 캐나다에서 평양냉면 같은 담백한 일상을 이어가다 보니 한국에서 날아오는 급박한 업무들이 칼칼한 자극처럼 느껴져 반갑기도 했다. 장소가 바뀌었을 뿐 일의 즐거움은 계속되었고 이곳에 머무는 동안 일을 사랑하는 마음은 더 커져갔다.

낯선 곳에서 익숙한 일을 이어가니 어지러운 마음이 달래졌고, 무수한 외국어 사이에서 우연히 한글을 마주칠 때처럼 푸근한 안도감을 느꼈다. 타지가 주는 새로움과 낯섦에도 오래 함께한 일이 일상의 안정제가 되어준 덕에 마음 한편은 언제나 편안했다. 때로 일은 일상을 붙잡아주는 힘이 된다. 타지에서 보낸 나날 속에서도 내가 길을 잃지 않을 수 있었던 건 오래 함께해온 일 덕분이었다.

내가 좋아하는 사람이
조용히 책 읽는 걸 좋아한다면
도서관에 가면 만날 수 있지 않을까.
좋아하는 사람을 만날 수 있는 곳은
그 사람이 좋아하는 곳이야.

사가 세이유 CM송 (1999)

일단 시작하는 용기

좋은 아이디어는 위험을 감수하는 대담함에서 나온다. 그걸 알면서도 한때는 실패가 두려워 더 안전하고 익숙한 길을 택한 적도 있었지만 이젠 오히려 새로운 변화가 주는 불안함이 멋진 도전의 증거라는 사실을 깨달았다. 캐나다에서도 낯선 불안함을 안은 채 계획에 없던 새로운 도전을 해보기로 결심했었는데, 바로 그림을 배워보기로 한 것이다.

허리까지 오는 대형 스케치북, 여러 굵기의 연필, 이름도 낯선 콩테와 목탄을 가방 가득 챙겨 들고 온타

리오미술관으로 향하는 길. 몇 주간의 드로잉 수업을 거치고 나면 뒤늦게 숨은 저능을 발견할지 모른다는 손바닥만 한 희망을 품고 미술관의 육중한 유리문을 밀었다.

수업 장소는 뻥 뚫린 지하 공간이었다. 대형 칸막이로 나눠진 공간마다 다른 즈제의 수업이 열리는 중이었다. 내가 등록한 수업은 평일 낮 시간이라 그런지 연령대가 꽤 높았다. 은색 칼단발에 뿔테 안경이 멋스러운 안나 윈투어 할머니, 길이가 다른 연필 세 개를 고무줄로 묶어 얼굴 비례를 맞추고 있는 피카소 할아버지, 세월이 느껴지는 낡은 목탄 세트를 펼쳐놓은 반 고흐 아저씨. 내 멋대로 붙인 이름들이지만 모두에게서 예술을 사랑하는 사람 특유의 세련된 기운이 느껴졌다. 그리고 그림에 진심인 이들 틈에서 나는 어색하게 자리를 잡았다.

첫 주는 눈을 맞추고 그리는 수업으로 종이를 보지 않고 시선은 상대방을 응시한 채 드로잉 기법을 익히는 방법이었다. 시선을 얼굴에 고정한 채 손은 느끼는 대로 자유롭게 그리는 신박한 기법이었다. 옆자리 사람만을 집중해 바라보며 그린 후 내 스케치북을 보니… 그림은 없고 지렁이 같은 선들만 꼬불대고 있었다. 이게 맞나 싶어 짝인 엘리자베스의 그림을 봤는데 보지 않고 그렸는데도 나와 꼭 닮은 것이, 내 것과는 영 딴판이었다. 재능의 차이란 이런 것이구나 싶었다.

둘째 주 수업은 뼈 구조를 상상하며 그리기였다. 선생님이 직접 모델이 되어 한쪽 팔을 머리에 올리거나 양손으로 허리를 잡았고, 우리는 그 자세에서 몸속 뼈를 상상하며 형태를 그렸다. 아직 다 그리지 못했는데 선생님이 몇 초 간격으로 자세를 바꾸는 바람에 눈과 손을 빠르게 움직이느라 정신이 없었다.

셋째 주 수업은 빛과 그림자를 표현하기. 흰 종이에 검은 연필이 아니라 검은 종이에 흰 목탄으로 음영을 표현해보는 시간이었다. 늘 눈에 보이는 사물과 그림자만 생각하며 그렸기에 그동안 인식하지 못한 빛을 그려보는 낯선 시도가 특별하게 느껴졌다. 손가락에 흰 목탄 가루를 잔뜩 묻힌 채로 빛의 화가 모네에 열심히 빙의해보았지만 역시나 결과물은 어딘가 빈약했다.

매 수업 끝엔 그날 그린 그림을 앞에 죽 늘어놓고 서로 의견을 나누는 시간을 가졌는데, 한자리에 모아놓으니 아마추어를 훌쩍 뛰어넘는 수강생들의 실력이 한눈에 들어왔다. 마음 착한 수강생들은 내 그림이 소외되지 않도록 억지로라도 좋은 말을 짜내 풀 죽은 내게 용기를 불어넣어주었다.

대망의 마지막 수업은 예상도 못한 주제, 누드 드로잉이었다. 누드라니! 그런 건 미술 전공자들만 할 수 있는 특별한 경험이라고 생각했기에 그림 초보인 내겐 신선한 충격이었다. 내 평생 남의 벗은 몸을 그리는 날이 올 줄이야. 그것도 캐나다의 한 미술관에서 말이다.

모델은 아담한 아시아계 여성이었다. 사람들은 자연스럽게 모델을 중심에 두고 반원 모양으로 자리를 잡았다. 준비를 마치자 모델은 능숙하게 가운을 벗었다. 그래도 속옷 정도는 입지 않았을까 했던 내 예상은 보기 좋게 빗나갔다. 그는 아무것도 걸치고 있지 않았다. 그렇지만 부끄럽다거나 야하다는 생각은 전혀 들지 않았다. 근육이 적절하게 발달한 몸이 아름다울 뿐이었다.

커다란 이젤에 스케치북을 고정하고 연필을 들었다. 누군가의 벗은 몸을 이렇게나 오래, 그것도 자세히 들여다보는 건 처음이었다. 모델이 자세를 잡을 때마다 섬세하게 움직이는 근육의 형태가 눈에 들어왔다. 유연한 손끝과 어깨와 팔을 타고 흐르는 선. 무용수처럼 몸을 잘 쓰는 그는 마치 살아 있는 조각상 같았다. 그림을 그리기 시작하자 팔을 올릴 때 등에 새겨지는 근육의 그림자나 허리를 숙일 때 허벅지에 스치는 긴장감처럼 이전에는 보지 못한 것들이 보였다. 그리는 내내 사람의 몸이란 참 아름다운 것이라는 생각을 하게 된 순간이었다. 역사상 많은 예술가가 벗은 사람에게서 아름다움을 찾은 이유를 조금 알 것도 같았다.

시간이 흘러 종료를 알리는 안내음이 나오고 스케치북을 덮자 그제야 긴장이 풀렸다. 손바닥엔 까만 연필 자국이 잔뜩 묻어 있었다. 찬물로 손을 씻는 동안 어설프지만 뭔가를 완성했다는 뿌듯함이 몰려왔다. 그림이 완벽히 만족스러웠던 건 아니지만 과정 자체가 내 안의 무언가를 깨우는 듯했다. 시작하는 것 자체가 존중받는다는 이곳의 분위기가 참 좋았다. 실수나 실패에도 관대한 안전감이 무엇을 하든 자유롭게 했다. 무엇을 만들든 무엇을 표현하든 괜찮다는 믿음. 훗날 아이디어를 펼쳐야 할 때면 그림에서 배운 이 작은 용기를 잊지 않고 떠올리고 싶다.

그럼에도 불구하고
포기하지 않은 경험은
평생 누구에게도 빼앗기지 않아.

와세다아카데미 신문광고 (2022)

하루를 바꾸는 작은 친절의 마법

미국의 유명 코미디언이자 토크쇼 진행자인 코넌 오브라이언은 진행하던 〈투나잇 쇼〉의 마지막 방송에서 이런 말을 남겼다.

"제발 냉소적으로 살지 마세요. 저는 냉소가 싫습니다. 가장 안 좋아하는 능력이죠. 냉소는 어디로도 이끌어주지 않아요. 인생에선 그 누구도 예상한 것을 정확히 얻지 못합니다. 하지만 당신이 정말 열심히 일하고 친절하다면 놀라운 일들이 일어날 겁니다."

나는 오랫동안 이 말을 떠올리며 살았다. 당장 일

어나진 않아도 매일의 작은 친절이 쌓여 언젠가 반드시 놀라운 일들로 돌아올 거라 믿었다. 하지만 이 믿음은 작은 일상 속에서도 시험대에 오르곤 한다. 낯선 땅에서 운전면허증을 교환하러 가던 그날도 그랬다.

캐나다에 머물던 시기에 운전면허증을 교환하러 간 적이 있다. 캐나다에선 한국과 맺은 협정 덕분에 심사 없이도 면허증을 교환할 수 있는데, 이곳저곳을 헤매다 겨우 운전면허 발급소에 도착하니 이미 건물 밖까지 줄이 길게 늘어서 있었다 창구에서 일하는 직원들도 역시나 모두 바쁘고 지쳐 보였다. 그중에서도 내 눈에 먼저 들어온 건 체구가 크고 인상이 날카로운 흑인 여성 직원이었다. 순서를 기다리면서도 제발 저 사람만은 나를 부르지 않기를 바랐지만 곧이어 들려온 그의 말은 "Next! (다음이요!)"였다. 운명은 피할 수 없는 것.

"Hi. I would like to exchange my Korean driver license for an Ontario licerse."
("안녕하세요. 제 한국 운전면허증을 온타리오 면허증으로 교환하고 싶은데요.")

웃는 얼굴에 욕은 안 하겠지 싶어 과장된 미소를

지으며 인사를 건넸지만 정작 그는 단 한 마디도 대꾸하지 않았다. 하지만 오랜 직장 생활로 단련된 나는 흔들림 없는 미소의 가면을 쓴 채 다음 말을 기다렸다.

"Aight, just scribble it down right there and
pass it over."
("네, 여기 적으시고 저한테 주세요.")

속사포처럼 빠른 흑인 특유의 바이브 말투에다 목소리까지 작아 제대로 알아듣진 못했지만 직장인 눈칫밥 이력을 발휘해 나름 뜻을 추리해보기로 했다. 일단 종이를 줬으니 개인정보를 쓰라는 것 같아 한국에서 하던 대로 이름과 주소 항목부터 적고 운전면허 관련 다섯 가지 질문에 체크까지 해서 자신 있게 종이를 내밀었다. 그런데 직원의 얼굴이 살짝 일그러졌다.

"You checked the wrong box. Nah, right here,
here, here alright?"
("칸을 잘못 체크했잖아요. 여기랑 여기랑 여기,
알겠죠?")

직원은 새 종이를 내밀며 이번에는 1, 3, 5번만 체크하라고 손가락으로 가리켰다. 재빠르게 이름과 주소 항목을 채우고 알려준 칸만 체크해 다시 제출했지만 이번엔 이름과 주소를 쓰지 말라는 짜증 섞인 지적이 돌아왔다. 한국에선 서류에 당연히 이름부터 쓰는 게 관례라 이해할 수 없었지만 일단은 시키는 대로 다시 종이를 받아 이름과 주소 칸을 비우고 돌려주었다. 이 정도 무례함에 휘둘릴 내가 아니지 하면서도 한국에 돌아가면 외국인에게 더 친절히 대해줘야겠다는 다짐을 하며 나는 느릿느릿 업무를 처리하는 그를 지켜보았다.

그런데 그가 종이를 기계에 밀어 넣으니 빈칸이던 이름과 주소 항목에 자동으로 저장된 정보가 찍혀 나오는 게 아닌가. 이런 이유로 적을 필요가 없었다는 걸 미리 알려줬다면 좋았을 텐데 싶었지만 내 생각 따윈 아랑곳없다는 듯 직원은 퇴근 시간만 기다리는 직장인의 표상처럼 내내 무표정하고 피곤한 얼굴이었다.

그때 옆자리 직원이 다가와 말을 걸자 놀랍게도 그의 표정이 갑자기 확 바뀌었다. 퇴근 후 약속이라도 잡는 건지 둘은 기분 좋게 대화를 나누며 환하게 미소를 지었다. 물론 잠시 후 동료가 떠나자 다시 차가운 침묵

속으로 돌아갔지만 말이다. 그 순간 깨달았다. 이 사람, 원래는 다정한 사람일 수도 있지 않을까? 하루 종일 영어가 익숙지 않은 사람들을 상대하며 퇴근 시간이 넘어서까지 일하다 보니 친절함의 에너지가 바닥난 게 아닐까? 나도 직장 생활을 하며 비슷한 상황을 많이 겪어본 터라 갑자기 그의 행동이 이해되기 시작했다.

그러다 문득 가방 속에 쟁여둔 젤리 한 봉지가 떠올랐다. 어쩌면 지금 그에게 가장 필요한 건 달콤한 무언가일지도 모른다는 생각이 든 것이다. 싫어하면 어쩌나 싶기도 했고 싸늘하게 무시하거나 화를 내면 또 어떡할까 싶었지만 아무래도 일단 생각한 건 해버리는 게 후회가 없는 법. 결제까지 마치자 직원은 3주 안에 면허증이 갈 거라며 의례적인 설명으로 대화를 마무리했다. 그 순간 나는 조심스럽게 곰돌이 젤리 한 봉지를 창구로 밀어 넣으며 미소를 지었다.

"Here's a little gift for you. Have it after work."
("당신께 드리는 작은 선물이에요. 일 끝나고 드세요.")

순간 깜짝 놀란 듯 잠시 말을 잃은 그는 몇 초간 고민하다 지금은 이걸 받을 수 없다며 미안하다고 고개를 저었다. 그러고는 웃었다. 그것도 아주 환하게. 웃는 얼굴이 예쁜 사람이었다.

기분 나쁘게 기록됐을지 모를 하루가 뿌듯한 해피엔딩으로 끝났다. 기대 없이 돌려받은 미소 덕분에 집으로 향하는 발걸음이 한결 가벼웠다. 사람은 자신이 경험한 데이터베이스로 세상을 본다. 직장 생활을 하며 겪은 무수한 피로와 짜증의 시간 덕분에 나는 누군가의 마음을 이해할 수 있었고, 인내와 견딤이 만들어준 단단한 감정의 겹 덕분에 쉽게 화내지 않고 상황을 웃어넘길 수 있었다. 역시 지금껏 걸어온 시간은 하나도 버릴 게 없구나 싶었다. 집으로 가는 길, 우버 기사에게도 미소로 인사를 건네며 나는 또 한 번 작은 친절의 힘을 믿어보기로 했다.

▶ ◆ ● ● ▶ ◆ ●

**사람에게 친절하게
자신에게 가장 친절하게.**

온워드 온라인광고 (2008)

잊을 수 없는 사람이 되는 법

취업철이 되면 채용을 위해 지원자들의 이력서와 자기소개서를 살펴볼 때가 있는데, 그때마다 수십 개의 비슷비슷한 문서 속에서도 유독 눈에 띄는 사람들이 있다. 블라인드 채용인지라 학교와 얼굴도 알 수 없고 눈이 번쩍 뜨일 스펙이 있는 것도 아닌데 말이다. 내가 찾은 이유는 '그 사람만의 스토리텔링'이었다. 한번 만나서 이 흥미로운 이야기를 들어보고 싶다, 어떤 사람인지 더 알아보고 싶다는 궁금증을 불러일으키는 사람. 결국 그런 사람들이 면접까지 오르게 된다. 내게도 풀리지 않은 수수께끼 같은 스토리텔링을 남긴 사람이 있다. 이 이야기는 토론토 숙소에 머물던 어느 저녁 작은 노크 소리에서 시작되었다.

갑작스레 누군가 현관문을 두드리길래 문에 달린 작은 구멍으로 밖을 확인하니 처음 보는 여자가 서 있었다. 이 동네에서 자주 보이는 이란인 중 한명 같았다. 층간 소음 때문에 올라온 건가 싶어 약간의 불안감과 함께 조심스레 문을 열었지만 다행히도 여자는 밝게 웃으며 인사를 건넸다. 활달한 성격의 호방함이 느껴졌다.

그런데 인사가 끝나자마자 그는 영어로 빠르게 무어라 이야기하기 시작했다. 미처 다 알아듣진 못했지만 대충 눈치를 보아하니 뭔가를 빌려달라는 것 같았다.

"Sorry, could you say that again, please?"
("미안하지만 다시 말해줄래요?")

그러자 여자는 조금 더 천천히 또박또박 말했다.

"Can I borrow some tomatoes?"
("토마토 좀 빌릴 수 있을까요?")

토마토…? 당황스러웠다. 건물 코앞에 대형 마트가 있고 아직 문 닫을 시간도 한참 남았는데 왜일까? 심지어 그 마트엔 주인이 토마토 마니아인가 싶을 정도로 온갖 종류별 토마토가 가득했다. 빨강 토마토, 노랑 토마토, 초록 토마토, 가지 달린 토마토, 대왕 토마토, 방울토마토까지. 그런데 토마토 때문에 이 늦은 저녁에 낯선 사람의 집 문을 두드리는 이유가 뭔가 싶었다.

혹시 토마토를 가지러 오겠다고 뒤돌아서면 갑자기 따라 들어와 공격하는 건 아닐까? 토마토를 빌미로 좋은 기운이 느껴진다며 조상의 은덕을 이야기하는 종교 단체가 여기에도 있는 걸까? 아니면 설마 이 나라에서는 토마토를 빌려달라는 게 내가 모르는 인사의 한 종류인가? 순간 여러 생각이 스쳐 지나갔고 머릿속으로 온갖 시나리오를 쓰다가 문득 냉장고에 넣어둔 작은 방울토마토 한 팩이 떠올랐다.

"I have only cherry tomatoes, is it okay?"
("저한테 있는 건 방울토마토뿐인데 괜찮을까요?")

여자는 괜찮다 했고 나는 다급하게 냉장고를 뒤져 얼마 전 사둔 방울토마토를 찾아냈다. 투명한 플라스

틱 팩에는 이십여 개의 작고 빨간 토마토가 담겨 있었
다. 그는 토마토를 받아 들더니 내용물을 천천히 위아
래로 살펴보았다. 빌리는 입장인데도 미슐랭 레스토랑
의 깐깐한 셰프처럼 신중한 태도에 괜스레 마음이 작
아졌다.

"Actually, my mom is cooking right now, so I'll ask
her if this will be okay. Ard I'll buy you the same
pack tomorrow."
("실은 저희 엄마가 요리하고 있는데 이걸로
되는지 물어볼게요. 그리고 내일 똑같은 한 팩을 사다
줄게요.")

아무리 처음 보는 이웃이라 해도 한국인의 정을 보
여줘야 한다는 강박이 솟아나 이건 작은 선물이라며 손
사래를 쳤다. 하지만 몇 차례의 실랑이 끝에 결국 그가
승리를 거두었다.

"No, no! I'll definitely bring you the same one
tomorrow."
("아니, 아니에요! 내일 꼭 같은 걸로 가져다 줄게요.")

과한 감사를 표한 그녀는 미소를 띠며 떠났다. 미스터리한 건 다음 날 돌려주겠다던 토마토가 한 달이라는 시간이 지난 후에도 감감무소식이었다는 거다. 같은 층에 살기는커녕 닮은 얼굴조차 보이지 않았다.

혹시 토마토가 상했던 건 아닌지, 우리 집이 몇 호인지 잊어버린 건지, 아니면 집집마다 돌아다니며 식재료를 모으는 신종 사기인 건지 별의별 생각이 꼬리에 꼬리를 물었다. 그냥 토마토를 받아 들고 고맙다며 떠났더라면 금세 잊어버렸을지도 모르는 일인데 반드시 다시 오겠다는 말이 마음에 남아 나도 모르게 한 달이나 그를 떠올리고 있었다.

잊히지 않으려면 궁금하게 하는 여지를 남겨야 한다는 걸, 뭔가 다른 스토리텔링이 있어야 한다는 걸 나는 이 낯선 경험으로 새삼 깨달았다. 그에게 토마토를 돌려받진 못했지만 대신 사람을 잊을 수 없게 하는 새로운 방법을 배운 셈이다. 덕분에 나는 오래도록 그와 그의 토마토를 기억할 것이다.

잊으려고 마음먹은 사람이야말로
사실은 평생 잊을 수 없는 사람이다.

필립모리스 라크 TV광고 (1997)

다정한 외향인이 살아남는다

긴 직장 생활이란 내향형 인간이 점차 외향형이 되어가는 과정이 아닐까. 학창 시절엔 앞에 나서는 일도 종종 하고 조별 과제에도 적극적이던 나는 입사 후에 성격이 조금 달라졌다. 튀지 않고 조용히 시키는 일을 하는 게 여러모로 심신이 편하다는 걸 본능적으로 익힌 것이다.

그렇게 말수 적은 신입으로 몇 해를 살다가 팀에서 역할이 조금씩 커지자 내향적인 성격이 업무의 걸림돌이 된다는 걸 깨달았다. 회의에선 내 생각을 드러내야 했고, 때로는 목소리 높이며 설득도 해야 했다. 거친 비즈니스의 세계에서 떼굴떼굴 구를수록 눈덩이가 불어나듯 외향성은 점점 커졌다. 그러다 보니 어느 날엔 먼저 명함을 내밀고 악수를 청하는 고도의 사회성을 지닌 외향형 인간이 되어 있었다. 이런 변화는 해외라는 낯선 환경에서도 꽤나 도움이 되었다.

캐나다에 도착함과 동시에 깨달은 건 한국에서 재산처럼 여기던 1200명의 연락처가 이곳에선 무용지물이라는 거였다. 학교에도 직장에도 속하지 않은, 이 도시 속 완벽한 무명인인 상태에서 어떻게 새로운 친구를 만들 수 있을까 고민이 많았다. 하지만 가만히 있으면 아무 일도 일어나지 않는 법. 나는 일하며 배운 기세를 살려 과감히 세상 밖으로 나가기로 했다.

그렇게 집 근처를 둘러보다 우연히 벽에 붙은 포스터 하나가 눈에 들어왔다. 거기엔 자유롭게 모여 이야기하는 영어 대화 모임이 소개되어 있었다. 처음 만나 나누는 대화를 좋아하는 나였지만 막상 낯선 땅에서 낯선 사람과 영어로 대화를 한다는 건 꽤 용기가 필요한 일이었다. 하지만 일하며 만났던 수많은 첫만남을 떠올리며 나는 조심스레 모임 장소에 고개를 들이밀었다.

그곳엔 이미 서른 명 정도의 사람이 둥글게 배치된 책상에 앉아 있었고 인도 억양이 강한 중년 여자가 활짝 웃으며 내게 들어오라는 손짓을 했다. 브라질, 멕시코, 콜롬비아, 스페인, 러시아, 우크라이나, 튀르키예, 이집트, 인도, 일본, 홍콩, 한국. 국적도 나이도 직업도 다양했다. 사람들은 저마다 자기 나라만의 전통과 문화를 이야기했고 몇몇은 가족이나 직업, 특별한 취미를 공유했다. 태어나 처음 경험하는 다양성의 향연이었다.

광고인의 필수 덕목 중 하나는 새로움 대한 호의다. 익숙한 프로젝트가 끝나면 바로 새로운 프로젝트를 시작해야 하는 것이 광고인의 숙명. 나는 이 특유의 탐구 정신을 새 친구 사귀기에 적용해보기로 했다. 일단 가까운 자리에 앉은 사람에게 말을 걸었다. 끝나고 가볍게 커피 한잔 할 수 있냐는 제안에 상대는 다행히 반갑게 호응했고, 그렇게 첫 친구가 생겼다.

일본에서 온 그의 이름은 아키였다. 아키는 다년간의 외국 생활을 거치며 엄청난 외향인으로 거듭나 있었다. 비슷한 시기에 토론토에 온 우리는 자주 만나며 정보를 공유하고 새로운 장소를 찾아다녔다.

둘뿐이던 만남은 시간이 지날수록 인원이 늘어나며 점점 커졌다. 영어 모임이 끝나면 다음 스케줄은 자연스럽게 티타임으로 이어졌다. 로마에서 법을 가르친 바버라, 브라질에서 온 금융 전문가 다니, 마이애미에서 영양학을 연구한 다니엘라, 이란에서 온 마케터 미나, 브라질에서 온 식물학 교수 손자, 튀르키예에서 식품 품질을 관리한 세나, 한국 교사인 써니, 우크라이나와 폴란드에서 두 개 대학을 졸업한 천재 소녀 리사. 국적도 직업도 언어도 달랐지만 우리는 서로에게 다정했고 각자의 문화를 존중했다.

일로 단련된 다정한 외향성은 우정을 넘어 예상치 못한 순간에도 힘을 발휘했다. 렌트해 살던 콘도의 집주인과도 친구가 된 것이다. 집주인은 아름다운 눈을 가진 이란 여성이었다. 처음 만난 날 나는 예쁜 집을 빌려준 것이 고마워 한국 전통 문양이 새겨진 연필 세트를 건넸고, 집을 나오기 전에 소파 커버와 러그를 빨고 가전 구석구석을 청소해두는 작은 친절도 베풀었다. 짐을 뺄 때 살림살이 중 쓸 만한 물건도 남겨두었다. 그러다 귀국일에 맞추느라 계약했던 날짜보다 열흘 먼저 떠나야 했는데, 집주인은 요청하지도 않은 열흘 치 렌트 비용을 돌려주었다. 사람들은 정말 흔치 않은 일이라고 놀라워했다. 친절이 친절로 돌아오는 경험이었다.

　　몇 해 전 읽은 책 『다정한 것이 살아남는다』가 떠
오른다. 진화에서 살아남는 건 가장 강한 존재가 아니
라 가장 다정한 존재, 잘 협력하는 개체고 그들이 더 오
래 살아남고 더 많은 후손을 남긴다는 내용이었다. 그
말이 옳았다. 다정한 것이 살아남았다. 사람뿐만이 아
니다. 다정한 대화, 다정한 음식, 다정한 마음과 시간이
결국 살아남았다. 마음을 열고 친절을 나누면 분명 놀라
운 일이 일어난다. 일을 할 때도 낯선 땅에서도 그랬던
것처럼.

누군가의 다정함이 눈부셨던 날
오늘을 사랑한다.

라이온 TV광고 (2017)

입고 싶은 대로, 하고 싶은 대로

퇴사 후 가장 처치 곤란이 된 건 옷이었다. 보이는 모습도 실력이라고 생각했기에 회사에 다닐 땐 외모에 꽤 신경을 썼다. 보고가 많은 자리다 보니 보고용 정장이 필요했고 거기에 맞춘 가방과 신발도 필요했다. 복장이 갖춰지면 악세서리와 메이크업도 자연스레 맞춰야 했기에 보고는 쇼핑의 명분이 매일 샘솟는 그야말로 '지출의 보고寶庫'였다.

그 시절 내 옷은 일종의 상태 메시지로, 저마다 의미를 가진 꽃말처럼 그날의 스타일마다 나름의 옷말이 있었다. 유행하는 디자인을 입은 날은 '제가 요즘 유행에 이렇게 밝습니다', 위아래로 정장을 입은 날이면 '오늘은 높으신 분을 보는 날입니다', 맨얼굴에 모자를 눌러 쓴 날은 '어제 야근했습니다', 하늘하늘 원피스에 메이크업까지 완벽하게 한 날은 '그다지 바쁜 날이 아닙니다'라는 의미였다. 쇼핑은 현세의 고통과 번뇌를 잊게 해주는 나만의 작은 사원이었고 스트레스를 푸는 기분 전환용 응급 처치였다. 사고 싶은 게 생기면 기적의 논리를 펼치며 장바구니에 옷을 쓸어 담던 습관성 쇼핑은 퇴사 후에도 이어졌다.

　캐나다로 떠날 때도 가장 문제가 된 게 바로 옷이었다. 허락된 짐은 캐리어 두 개뿐이었기에. 옷장 안을 가득 채운 옷들이 눈에 밟혔지만 함께 긴 여정을 떠날 단 몇 벌만을 골라야만 했다. 최후의 옷을 고르기 위해 나는 선발 대회를 열듯 신중하게 심사했다. 편하면서도 여기저기 매치하기 좋은 옷, 즐겨 입던 애착 옷, 개성을 드러낼 수 있는 옷, 손빨래가 어렵지 않은 옷, 구김이 너무 많이 가지 않는 옷, 부피가 적당한 옷을 몇 차례에 걸쳐 엄격한 기준으로 골라내니 결국 남은 건 스무 벌 남짓이었다. 추려진 옷들을 보니 내가 알던 취향과는 전혀 달랐다. 그동안은 튀는 패션을 좋아하는 줄 알았는데 나는 생각보다 편하고 무난한 스타일을 좋아하는 사람이었다.

수백 벌의 옷과 함께 살아온 내가 과연 단 몇 벌만으로 사계절을 버텨낼 수 있을지도 걱정이었지만, 우려가 무색하게도 그 스무 벌 정도의 옷 중 대부분은 캐나다 옷장 밖으로 나오지도 못했다. 내가 토론토의 스티브 잡스가 될 줄 누가 알았겠는가. 가장 큰 이유는 날씨 때문이었다. 토론토에는 천국과 지옥이라는 두 개의 계절이 있었다. 5월부터 10월까지의 여름은 사람이 살기에 최적의 환경이라 부를 정도로 쾌적하고 아름다웠지만, 11월부터 4월까지 이어지는 겨울은 햇빛 한 줌 없이 무자비했고 툭하면 눈이나 비가 내렸다. 바깥 사정이 이렇다 보니 거의 같은 옷들로 일 년을 보낼 수밖에 없었다. 여름엔 후들거리는 리넨 바지와 티셔츠에 가벼운 버켄스탁, 겨울엔 두툼한 트레이닝복 바지와 패딩에 어그부츠가 전부였다.

이곳에선 보여주기 위해 입는 옷이란 없었다. 오직 자기가 입고 싶은 옷만 있을 뿐. 한여름에 패딩을 입거나 한겨울에 반바지를 입어도 누구도 신경 쓰지 않았다. 이 경험은 한국에 돌아와서도 영향을 끼쳤다. 귀국 후에도 몇 개월간 새로 산 옷은 흰 티셔츠 한 장이 다였 우리는 직장을 그만둘 때 '옷을 벗었다'고 말한다. 나도 이제야 비로소 보여주기 위한 삶의 옷을 벗었다. 이제부터는 조금 더 나다운 옷을 입고 싶다. 새로운 시간과 경험으로 지은 나만의 옷을. 훗날 벗어야 한다는 기약이 없고 벗어도 사라지지 않는 옷들로 마음의 옷장을 채우고 싶다.

**당신이 떠올리는 나는
어떤 옷을 입고 있을까.**

루미네 포스터 (2011)

우리에겐 안식년이 필요해

캐나다에서 보낸 시간들은 스스로에게 선물한 일종의 안식년이었다. 교수라는 직업을 떠올릴 때마다 가장 부러웠던 건 안식년이라는 제도였다. 이름마저 '안식'년이라니. 출퇴근에 지칠 때마다 잠시 일을 멈추고 안식을 취하는 해를 가진다건 얼마나 좋을까 막연히 꿈꾸곤 했다.

그런데 정작 휴식이 주어지니 쉬는 게 생각보다 쉽지 않았다. 열심히 일하는 방법은 배웠지만 열심히 쉬는 방법은 배운 적이 없던 것이다. 지금에 와 생각해보니 쉬는 일조차 열심히 하려던 것 자체가 문제였던 것 같다.

　나름의 안식년을 선언했지만 내 하루는 여전히 다른 일들로 빽빽했다. 출근 압박 대신 아침은 다른 할 일들도 채워졌고, 자잘한 회의 대신 수많은 생각이 들어찼다. 한낮의 햇빛을 받으며 산책을 하고 카페에서 여유를 누리면서도 잘 쉬고 있는 게 맞는지 스스로에게 묻곤 했다. 아무것도 안 하는 건 쉬는 걸까 게으른 걸까? 이렇게 아무것도 안 해도 괜찮은 걸까? 업무 연락도 이메일 알림도 없는 이 순간들 속에서 나의 쓸모를 잃어가는 건 아닐까? 해야 할 일이 없는데 뭔가를 해야 할 것 같은 기분이 지워지지 않았다.

　하지만 하루 이틀 시간이 흐르면서 차차 쉬는 순간과 비워내는 일상에 익숙해지기 시작했다. 가장 간단한 루틴은 카페에서 테이크 아웃한 커피를 들고 작은 동네 공원까지 천천히 걷는 것이었다. 햇살에 따뜻해진 벤치에 앉으면 사방이 나무로 둘러싸여 있었다. 쪼르르 쪼르르 이 나무 저 나무를 옮겨 다니는 귀여운 청설모를 따라 시선을 움직여보고, 산책 나선 강아지의 신난 엉덩이를 구경하다 보면 웃음이 터졌다. 이어폰을 빼고 귀를 열면 조롱조롱 맑은 새 소리가 효과

음처럼 들려왔다. 수풀 사이로 놀러 나온 스컹크나 라쿤과 눈이 마주치기도 했다. 모든 것이 느린 공간 속에 남겨지자 쉬고 있다는 감각이 처음으로 몸에 와닿았다.

머물던 집에서도 바깥 풍경을 바라보는 휴식 시간을 확보했다. 당시 살던 집은 작은 규모에 비해 창문이 넓은 편이었다. 창문이 공간의 두 면을 에두르고 있어서 하늘이 시야각을 넘어 광각으로 펼쳐지는 구도였다. 눈높이에 딱 지평선이 있어서 하늘이 한눈에 들어오는 풍경. 탁 트인 창밖을 보고 있으면 마음까지 열어둔 듯 시원했다. 서울에선 고층 빌딩 숲 사이로 보이는 한 줌의 하늘에도 기뻐했는데 말이다.

매일 다른 캐나다 하늘의 변화는 나만의 뉴스였다. 날씨가 어찌나 변덕스러운지 아침에 흰 안개가 자욱하다가도 점심이면 햇살이 쨍 비췄고, 거센 눈보라가 휘몰아치다가 핑크빛 노을이 하늘을 형형색색 물들이기도 했다. 어떤 날은 왼쪽 하늘에서 비가 오고 오른쪽 하늘에서 햇볕이 쏟아지다가 거대한 초대형 무지개가 바로 눈앞에 걸린 적도 있다.

다니구치 지로의 '산책이란 우아한 헛걸음'이라는 표현처럼 진정한 쉼은 우아한 시간 낭비였다. 아무것도 하지 않는 시간이 아니라 나를 억지로 쓰지 않아도 되는 시간. 쉼이란 나를 다시 꺼내 쓰기 위해 느리게 충전하는 시간이었다. 일도 익숙해져야 실력이 늘듯 쉼도 익숙해져야 하는 것이었다. 열심과 휴식의 균형. 잃어버린 균형의 무게 추를 다시 맞추고 비어 있던 시간을 새로운 것들로 채워갔다. 분명 쉬고 있었지만 멈춘 건 아니었다. 일에서 뭔가를 성취해내지 않아도, 경쟁에서 이기지 않아도 나는 그곳에서 분명 무언가를 배웠고 경험했고 성장했다.

셀프 안식년 동안 스스로 안식을 찾는 법을 익힌 덕에 삶에 대한 새로운 안목도 얻을 수 있었다. 느슨하게 풀어진 시간 속에서 일에 파묻혀 지내느라 미처 보지 못한 것들, 너무 가까이 있어서 소중함을 몰랐던 것들을 발견했다. 우리는 언제든 쉬어도 된다. 쉼도 성장의 일부라는 걸 잊지 않아야 한다. 멈춤은 끝이 아니라 더 나아가기 위한 숨 고르기다. 잘 쉬는 사람이 일도 잘하고 놀기도 잘 노는 법이다. 지금 쉼을 두려워하고 있을 누군가에게 이 말을 전하고 싶다.

실패해도
미래의 너는 용서해줄 거야.
'그 실패가 있어서 다행이었다.'
그렇게 생각하는 날이
신기하게도 반드시 찾아올 거야.

와코루 신문광고 (2021)

당신은 가을을 타고 있나요?

- ☑ 일하다 말고 창밖을 보는 시간이 많아졌다
- ☑ 출근길 문득 핸들을 돌려 떠나고 싶다
- ☑ 가끔은 문자보다 편지를 쓰고 싶다

떠나세요
가을은 짧지만
가을의 추억은 깁니다

이 땅 구석구석에 숨어 있는 아름다운 장소를 소개하는
한국관광공사 캠페인은 늘 한 계절을 앞질러 가야 했다.
한겨울에 봄꽃을 불러오고 한여름에 단풍으로 물든 가을을
연출하는 일. 빠듯한 예산과 넉넉지 않은 제작 기간 속에서
계절다운 계절을 담아내는 일은 언제나 쉽지 않은 숙제였다.
    이 광고는 당시 스케줄 잡기조차 어려웠던 유광굉 감독님이
흔쾌히 맡아주셨다. 계절에 맞춰 찍어둔 사진에 2D로 움직임을
더해보자는 감독님의 제안 덕분에 무르익은 가을의 표정들을
온전히 담아낼 수 있었다. 어느새 10년이나 지났지만 현장의
기억은 여전히 생생하다. 흩날리는 낙엽을 연출하기 위해
전 스태프가 노란 은행잎을 부지런히 모아 강풍기 앞에서
조심스럽게 날리던 순간들, 폴짝 뛰어오르는 귀뚜라미 하나를
담기 위해 모두가 한마음으로 애쓰던 시간까지도. 세월이
흘러도 좋은 기억은 사라지지 않는다. 광고는 짧지만 촬영의
추억은 길다.

4

사려 깊게
경쾌하게

좋아하는 마음의 힘

'덕계못'이라는 말이 있다. 덕후는 계를 못 탄다는 말의 줄임말. 좋아하는 대상은 좀처럼 만나기 어렵다는 뜻의 이 표현은 정설로 전해져 내려오고 있다. 하지만 광고 제작이라는 일 덕분에 나는 그 정설에서 운 좋게 예외가 될 수 있었고, 고단한 업무 속 한 줄기 빛이 되어 준 가장 좋아하는 대상(이하 최애)과의 협업을 경험하며 어떤 일은 덕질의 연장선이 될 수도 있다는 걸 깨달았다.

사람을 좋아하는 우리집 개보다 더 사람을 좋아하

는 나는 이런 성향 덕분에 드라마나 예능에 나오는 연예인들도 기본적으로 호감을 갖고 바라보는 편이다. 그러나 그중에서도 유독 손에 꼽게 마음이 가는 최애가 있었으니 Y, G, C가 바로 그들이다.

Y를 처음 본 건 그가 어느 밴드에서 건반 연주자로 등장했을 때다. 가수가 좋아 찾아간 콘서트였지만 자꾸만 건반 연주자에게 눈길이 갔다. 그 후로 음지에서 잔잔하게 활동하던 Y는 종종 예능에도 모습을 드러내곤 했다. 무려 중학교 1학년 때부터 좋아했으니 삼엽충, 맘모스 급의 살아 있는 화석 팬인지라 지인들이 수시로 그에 관한 정보를 제보해주기도 했다.

"야, Y 지금 가로수길 식당에 있어."

"어! 지금 방송에 Y 나온다."

그중에서도 나를 가장 흥분시킨 제보는 따로 있었다.

"나, 이번에 Y랑 광고 찍는다!"

지인이 진행하는 광고 모델로 Y가 등장한다는 것이었다. 고맙게도 지인은 나를 촬영장에 불러주었고 현장 사람들이 모두 이전 직장 동료들인 덕에 자연스럽게 Y와 인사를 나눌 기회도 생겼다. 쿨하게 명함만 건네고 멋지게 돌아서야 했는데 반가운 마음에 쓸데없는 말들이 종알종알 튀어나왔다. 묻지도 않은 길고 긴 나만의 덕질 역사를 풀어놓으며 결국 나는 성공한 덕후의 첫 번째 기록을 썼다.

G와 인연이 닿은 건 팀 막내 시절이었다. 떠오르는 인기 그룹으로 나날이 인기가 치솟던 G와 광고 촬영을 하게 됐던 것이다. 그때의 기억을 떠올리면 아직도 마음 한구석이 미안한데, 고층 빌딩 옥상에 설치한 철봉에 거꾸로 매달려야 하는 난이도 높은 촬영에 그를 부르게 된 것이다. 촬영 장소가 건물 옥상이다 보니 대기실조차 변변치 않았고, 신인인 그와 막내인 나는 건물 바닥에 나란히 앉아 다음 촬영을 기다릴 수밖에 없었다.

힘드시죠…? 괜찮습니다… 같은 예의 차린 말 몇 마디 나눈 게 전부긴 했지만 현장에서 G의 성실한 모습을 본 나는 이후로 그의 팬이 되었다. 시간이 흐르며 G는 세계적인 아티스트이자 연예인의 연예인으로 성장했다. 가끔 카피가 막힐 땐 G의 가사를 찾아보거나 인터뷰를 찾아 읽으며 영감을 받기도 했으니, 그는 내 성장에 자극을 준 고마운 존재다.

연차가 쌓여가며 회사에 다니는 날이 길어질수록 나는 무언가 좋아할 여유도 없이 점점 일에 찌들어갔다. 그러다 어느 날 우연히 몰아 본 드라마 하나가 마음을 말랑하게 만들어주었는데, 거기에 출연한 게 바로 C였다. 그리고 운 좋게도 퇴사 전 마지막 촬영이 바로 C와 함께하는 작업이었다. 최애와 함께하는 마지막 촬영이라니, 이 얼마나 감사한 퇴사 선물이란 말인가.

C는 영리한 사람이었다. 타고난 센스로 몸과 표정을 똑똑하게 잘 쓴 덕분에 사진 촬영도 예정보다 빨리 끝날 수 있었다. 현장 분위기를 흐릴까 봐 모델에게 뭔가를 부탁하는 일은 웬만하면 피하는 편인데, 이젠 정말 마지막인지라 그날 나는 용기 내 촬영도 부탁했다. 그런데 내가 마지막 근무라는 걸 우연히 들은 그가 다정하게 손을 내밀며 따뜻한 인사까지 건네는 게 아닌가.

"수고 많으셨습니다."

흔하디 흔한 인사말이었겠지만 홀로서기를 목전에 둔 내게 그 한마디는 무척이나 따뜻한 위로와 용기로 다가왔다.

이제는 모든 덕질 셔터를 내리고 그저 조용히 먼발치에서 그들을 응원하고 있다. 너무 뜨거운 것보단 은근하게 따뜻한 정도가 오래가기에 좋다는 걸 알기 때문이다. 각자의 자리에서 여전히 빛나는 그들처럼 나 역시 내가 있는 곳에서 나름으로 빛나기 위해 노력한다. 서로의 인생을 응원하는 조력자로, 서로의 도전에 힘을 전하는 느슨한 연대로 오래 이어지길 바라면서.

　　나는 덕후들이 좋다. 대상이 무엇이든 각자의 덕질을 예찬한다. 덕질은 가장 쉬운 행복이자 가장 즐거운 몰입이고, 새로움을 탐험하는 강력한 동기부여이자 좋아하는 대상으로부터 삶의 가치를 배우는 작은 수업이다. 좋아하는 것들에 더 많이 빠져들수록 우리는 조금씩 더 나아진다고 믿는다. 책 덕후, 맛집 덕후, 패션 덕후, 운동 덕후… 무엇이든 좋다. 좋아하며 성장하는 이상적인 관계를 꿈꾸며 모두에게 새로운 덕질의 기회가 찾아올 수 있기를 바라본다.

순간의 반짝임이 우리에게
고개를 들어 올리는 시간을 준다.

JT TV광고 (2017)

궂은일을 마다하지 않으면

상상만 해도 싫고 듣기만 해도 무서운 단어 세 가지를 꼽으라면 출근길 빙판길, 1퍼센트 남은 배터리, 그리고 조별 과제를 택하겠다. 연차가 쌓이고 일이 손에 익어 갈수록 배움의 유통기한에 대해 고민하지 않을 수 없었다. 어느새 내 학번은 신입 사원의 출생 연도에 가까워졌고 내가 배웠던 상식도 여러모로 바뀌어서 요오드는 아이오딘이, 아밀라아제는 아밀레이스가 된 세상. 지구과학 시간에 배운 태양계에서 명왕성이 퇴출된 지도 오래였다. 〈그때는 맞고 지금은 틀리다〉라는 영화 제목처럼 어느덧 내가 알던 것들은 변해버렸거나 너무 오래된 이야기가 되어 있었다.

실무도 실력도 어느 정도 쌓았을 무렵, 그간 익힌 것들을 학문적으로 정리하고 싶다는 생각이 들기 시작했다. 그렇게 대학원이라는 새로운 도전을 선택한 나를 기다린 건 끝없는 리포트와 조별 과제였다. 그래도 그새 생각도 꽤 자랐고 글쓰기 실력도 늘었는지 혼자 문서를 완성해 리포트를 쓰는 것까진 할 만했다. 문제는 소위 팀플이라 부르는 조별 과제였다.

대학 시절 팀플 발표는 제일 마음이 약하거나 나이가 많은 사람이 자연스레 맡는 분위기였다. 안타깝게도 이 두 가지 조건에 모두 해당되던 나는 종종 발표자로 연단에 섰다. 그리고 앞 팀의 발표가 끝나갈수록 손끝이 차가워지고 심장의 콩닥거림이 느껴질 만큼 번번이 긴장하곤 했다. 막상 내 차례가 되면 일단은 패기 넘치게 마이크를 받아 들었지만 첫마디를 꺼내는 순간이면 염소처럼 떨리던 목소리에 웃음 짓던 친구들의 표정이 아직도 눈에 선하다.

그런데 대학원에 가보니 완전히 다른 팀플의 세계가 펼쳐졌다. 내가 입학한 언론홍보대학원은 언론과 미디어 업계 직장인들이 모인 곳이라 여러 면에서 도가 튼 사람이 많았다. 하필이면 입학과 동시에 코로나 19가 퍼지는 바람에 대부분이 온라인 화상 수업으로 진행됐기에 나는 모니터 너머로 사람들의 직업을 추리하며 수업을 들었다.

발음이 정확하고 톤이 편안한 사람은 아나운서인 경우가 많았다. 특히 '효과'라는 단어가 추리의 결정적 단서였는데, '효꽈'가 아닌 '효과'라고 발음한다면 대부분 아나운서나 앵커였다. 유난히 질문을 많이 하는 사람은 기자가 아닐까 추론했는데, '팩트 체크를 해보면'이라는 표현을 자주 쓰기까지 하면 역시나 맞곤 했다. 청중의 반응을 유도할 줄 아는 발표자는 전문 행사를 많이 다니는 베테랑 MC였고, 발음 한 번 절지 않고 청산유수로 말을 이어가던 학우는 홈쇼핑 호스트였다. 역시 일이란 서서히 사람의 인생에 스며드는 것. 대학원에서 볼 수 있는 재미 중 하나는 말이나 행동 속에 각자의 일이 자연스럽게 묻어나는 것이었다.

이렇게나 다채로운 색깔을 가진 사람들과의 팀플은 어땠을까? 그야말로 신세계였다. 대학 때와는 완전히 다른, 프로들의 팀플이랄까. 일단 의사 결정 속도부터가 달랐다. 빛의 속도로 주제를 결정했고 의사 표현도 시원시원해서 눈치 보며 길게 논의할 필요가 없었다. 업무도 각자 자신 있는 담당 분야를 자원해 알맞게 분담한 덕에 금세 해결됐다.

늘 초초했던 발표 담당자를 정하는 일도 고민할 필요가 전혀 없었다. 조마다 한두 명씩 앵커나 아나운서가 있었기 때문이다. 나 역시 크리에이티브 디렉터로 수많은 프레젠테이션을 경험해온 터라 어떤 자리에서도 떨지 않는 여유가 생긴 상태였고, 갑작스러운 문제가 발생해도 여유롭게 넘어갈 수 있는 임기응변 능력까지 갖추고 있었다. 조원 모두가 발표를 피하지 않는 건 물론이고 오히려 나서서 발표자를 원하는 사람도 있었다. 일정 관리도 완벽했다. 발표 전날까지 자료는 완벽히 준비되었고 발표자는 대본을 쓴 후 리허설까지 마친 채로 등장했다. 야무진 조원은 발표 후 나올 예상 질문까지 미리 준비해오는 치밀함을 보이기도 했다. 이쯤 되니 팀플이 아니라 리더 계급들의 협업 배틀 같기도 했다. 그리고 팀플을 하며 희열을 느끼는 나 자신을 보니 그동안 훌쩍 성장했음을 새삼 확인할 수 있었다.

진화는 혹독한 환경 속에서 이루어진다. *각자의 일터에서 매일 크고 작은 전쟁을 치르는 것 자체가 서서히 이루어지는 진화의 과정인 셈이다.* 정신없이 헤치며 살아온 지난날을 돌아보니 도저히 끝나지 않을 것 같던 직장에서의 나날은 조금씩 쌓여 커리어의 기반이 되었고, 지루하게 반복되던 일상의 업무는 눈에 보이지 않게 나를 성장시켰다. 힘들다고만 여긴 직장 생활의 모든 순간 안에서 우리는 분명히 진화했고 한 걸음씩 다음을 만들어온 게 분명하다.

걸어온 모든 길이 지름이 된다.
시대는 변한다. 숨 가쁘게 빠른 속도로.
하지만 그 하나하나가 쌓여서
다음을 만든다.

NTT 도코모 TV광고 (2017)

반전이라는 인생의 묘미

가끔 그런 사람들이 있다. 힘든 시간 속에 있지만 언젠가 반드시 잘되길 응원하게 되는 사람들 말이다. 이 생각을 하면 우연히 알게 된 한 셰프가 먼저 떠오른다. 예전 직장이 있던 이태원은 관광객을 위한 동네에 가까웠기에 화려한 맛집은 많지만 적당한 밥집은 드물었다. 그런데 어느 날 보니 아주 오랜만에 느낌 좋은 한식당이 새로 생겨 있었다. 풍악을 울리며 찾아간 그곳은 예상보다 가격대가 꽤 높았지만 다행히 월급쟁이를 보우하사 저렴한 런치 메뉴가 있었다. 음식은 정성이 가득

할 뿐만 아니라 놀랄 만큼 맛있었다. 음식에 진심인 젊은 셰프는 매일 새벽 시장에서 직접 좋은 재료를 고른다고 했다. 경이로운 맛의 비밀은 아무래도 지극정성의 성실함에 있는 듯했다.

그렇지만 그의 진심과는 별개로 손님이 드문 날이 많았다. 그해 크리스마스엔 예약이 꽉 찼다고 기뻐했는데 절반이 노쇼였다는 안쓰러운 이야기도 들었다. 결국 식당은 얼마 못 가 문을 닫고 말았다. 하지만 포기한 건 아니었다. 강남으로 터를 옮겨 다시 개업을 도전할 거라 했다. 진심으로 응원했지만 한편으론 거긴 경쟁이 더 치열할 텐데 싶어 그의 선택이 염려스러웠다.

그렇게 몇 년이 흘러 문득 셰프의 안부가 궁금한 날이 있었다. 새로 개업한 식당은 어떨지 궁금한 마음을 안고 조심스럽게 인터넷어 그의 이름을 검색해봤는데, 놀랍게도 그는 미슐랭 투스타 레스토랑의 오너 셰프가 되어 있었다! 늘 잘됐으면 했지만 이렇게까지 잘될 줄은 또 몰랐기에 역시 진심을 다하는 사람은 결국 빛난다는 걸 다시금 깨닫곤 웃음이 났다.

셰프뿐만이 아니다. 우리 동네에도 그런 사장님이 있었다. 밤에만 문을 여는 작은 디저트 가게의 여자 사장님이었는데, 보아하니 낮에는 다른 일을 하고 퇴근 후 밤에만 가게를 운영하는 것 같았다. 하루 종일 일하고 또 가게를 지키는 마음이 오죽할까. 작은 책상에 책을 펼쳐놓고 밤을 지새는 모습이 밤샘 작업을 하던 내 모습 같아서 작은 응원을 보내고 싶어졌다. 그래서 얼마 안 되지만 배달 수수료라도 아껴드리고 싶어 주문은 문자로 하고 직접 음식을 가지러 가며 조금씩 얼굴을 익혀갔다. 그때마다 사장님도 작은 쿠키를 챙겨주시거나 기분 좋게 에누리를 해주시곤 했다.

그러던 어느 날 가게에 들렀는데 웬 낯선 중년 여자분이 손님을 맞이하고 있었다. 주인이 바뀐 거냐 물어보니 사장님이 몸이 좋지 않아 대신 가게를 보고 있다는 대답이 돌아왔다. 그러고 보니 마지막으로 뵀을 때 안색이 안 좋고 목소리가 갈라져 말하기조차 힘들어하시던 모습이 얼핏 떠올랐다.

그 후 캐나다에 머물던 무렵, 한국 뉴스에서 어쩐지 익숙한 이름이 보인다 했는데 놀랍게도 그 사장님의 가게가 K-디저트 열풍을 일으키며 선풍적인 인기를 끈 '요아정'으로 소개되고 있었다. 한국에 돌아와 오랜만에 가게를 찾으니 직원도 세 명으로 늘어 있었고 옆 가게까지 규모도 확장한 상태였다. 짧아진 머리에

두건을 쓴 사장님은 다행히도 건강을 회복한 모습이었다. 마침 매장을 찾은 배달 회사 직원이 "여기가 이 브랜드에서 전국 두 번째로 매출이 높은 지점이에요"라고 말하자 대화를 나누는 사장님의 얼굴이 환하게 밝아졌다. 괜스레 함께 기뻐진 마음에 나는 돌아오며 문자를 보냈다.

"사장님, 오랜만에 봬서 반가웠어요. 전에 몸이 안 좋으시다 해서 걱정했는데 가게도 잘 되고 건강해 보이셔서 다행이에요! 또 많이 사 먹으러 오겠습니다."

그러자 사장님도 날 기억하셨는지 반갑게 답장을 남겨주셨다.

"어머, 고객님!!! 너무 반갑습니다. 다음에는 꼭 제대로 인사드리겠습니다. 벌집꿀 토핑도 넉넉하게 준비해둘게요!"

우리는 모두 각자의 인생에서 전력질주를 하고 있다. 평생 내리막길만 걷는 사람도 없고 영원히 오르막만 오르는 사람도 없다. 때로는 길이 험하고 속도가 더디더라도 결국은 모두 앞으로 나아간다. 지금 내리막인 사람도 어느 순간 오르막을 만나 반짝이는 정상에 설 수 있다. 그러니 지금이 힘들다고 해서 인생을 쉽게 단정 짓지 말자. 우리에게 필요한 건 섣부른 걱정이 아니라 따뜻한 응원과 진심 어린 믿음이다. 잘될 사람은 결국 잘되게 되어 있다. 그러니 지금 내게 주어진 할 일을 붙잡고 묵묵히 나만의 길을 걸으면 될 일이다.

포기하지 않는 사람만이
갈 수 있는 미래가 있다.

가와이학원 브로슈어 (2020)

노벨문학상 발표일, 앞뒤 없이 친구의 문자 한 통이 갑작스레 날아들었다.

"대박 초대박! 한강 작가 - 노벨문학상!"

무슨 일인가 싶어 부랴부랴 유튜브 생중계 방송에 접속했는데 분위기가 심상치 않았다. 마치 월드컵 4강 진출의 순간 같달까. 누군가는 울고 누군가는 환호하며 채팅창이 흥분으로 들끓고 있었다. 라이브 방송 시간을 조금 전으로 돌려보니 시상자의 낯선 언어 속에서 '한강'이라는 익숙한 이름이 또렷하게 들렸다.

　한강 작가가 노벨문학상을 받다니, 뜻밖의 기쁨이었다. 솔직히 말해 그 전까진 한국과 노벨문학상을 연결 지어 생각해본 적조차 없었다. 노벨문학상은 그저 먼 남의 나라 이야기였기에 불쑥 날아든 희소식에 출판사도 인쇄소도 서점도 독자도, 온 나라가 들썩였다. 서점 베스트셀러 1위에서 10위까지가 전부 한강 작가의 작품이었다. 6일 만에 100만 부가 판매되고 오픈 시간에 맞춰 책을 사겠다며 서점으로 달려간 사람도 있었다. 각국의 친구들은 자기 나라 신문에 실린 노벨문학상 기사를 캡처해 보내주었다. 축하한다는 인사에 내 가족이 큰 상을 받기라도 한 것처럼 미소가 절로 지어졌다. 들뜬 공기에 가슴이 두근거린 게 얼마 만인지 몰랐다. 책을 향한 마음이 이렇게 뜨겁다니, 역시 우리는 아직 읽는 존재임을 새삼 실감할 수 있었다.

　이쯤 되니 여기저기에 한강 작가와 얽힌 저마다의 개인적인 이야기들이 등장하기 시작했다. 그를 직접 만난 순간, 그가 책에 남긴 사인, 함께 공부하던 시절의 기억까지. 같은 미용실이라도 다녔더라면 나도 작은 인연 이야기 하나쯤 꺼내놓을 수 있었겠지만 아쉽게도 그런 일은 없었다. 나는 그저 책을 통해 조용히 응원해온 오랜 독자일 뿐.

내 기억 속 한강은 사무실 서랍 속에 있었다. 피로할 때 서랍 속 초콜릿을 찾듯 지칠 때마다 『서랍에 저녁을 넣어두었다』를 펼쳐 들곤 했기 때문이다. 카피라는 상업적 글쓰기가 지겨워질 때, 온라인에 떠도는 가벼운 문장들에 피로해질 때, 무뎌가는 감각을 다시 깨우고 싶을 때마다 나는 한강을 수혈했다. 처연하도록 투명하고 섬세한 문장들을 읽고 나면 피가 돌고 숨이 쉬어졌다.

특히 책을 여는 〈어느 늦은 저녁 나는〉이라는 시를 처음 보았을 땐 나도 시인의 마음으로 문장을 따라가며 나지막이 읊조렸다. 하얗게 스쳐 지나간 시간과 지금도 흘러가고 있는 순간들. 시 속에서 그는 김이 피어오르는 밥공기를 바라보며 무엇인가 영원히 지나가버렸다는 시간의 결을 느꼈다. 그러니까 한강이라는 작가는 일상을 감싸는 얇은 겹들을 하나하나 감각하는 사람이었다. 이젠 오랜 직장 생활을 거치며 뾰족했던 모서리도 둥글어졌고 얇았던 감각도 두툼해졌으니 다시 한강의 책을 펼치며 성실한 사유를 하자고 다짐해본다. 시간이라는 덩어리를 한 장 한 장 회를 뜨듯 얇은 겹으로 감각해보자고 말이다.

오늘도 세상은 복잡한 문제들로 뒤엉켜 있다. 책의

빈자리를 채운 짧고 강렬한 영상들. 빠르고 산만한 영상들은 차근차근 뇌를 절이고 잘근잘근 집중력을 씹어 먹는다. 그러다 보니 자연스레 점점 책 한 장의 무게가 무겁게 느껴진다. 읽는 속도가 느려지고 읽는 양도 점점 줄어드는 게 그 증거다. 나 또한 책을 펼쳐도 딴생각을 하느라 한 장을 채 넘기기가 버거우니 요즘은 책을 좋아한다고 말하기 부끄러울 정도다. 일 년에 30권 읽기가 힘든 이 속도라면 남은 평생 읽을 수 있는 책은 고작 몇 백 권에 불과하다. 그 사실을 떠올리면 당장 오늘부터라도 정신을 바짝 차리자 싶다.

사무실 책상 서랍 한편에 한강의 시집이 있었듯 내 인생의 서랍을 열어본다면 어떤 책들이 남아 있을까. 그리고 앞으로는 어떤 책들로 채울 수 있을까. 한 권의 책은 한 편의 여행이자 하나의 인생이고, 독서는 같은 시간도 더 깊고 넓게 살게 하는 불로불사의 묘약이다. 책에 대해 생각하다 보면 다시 펼쳐 들고 싶은 마음이 불끈 샘솟는다. 몇 년이 지나도 서랍 안에 남아 나를 흔들어 줄 책. 오늘은 아껴둔 한강 작가의 다른 책부터 천천히 오래 읽어보기로 한다.

마음의 버팀목이 될 책을 찾아두는 것,
그것도 재해 대비입니다.

나라신문 인쇄광고 (2024)

저마다의 미라클 루틴

한때 미라클 모닝이 유행인 적이 있다. SNS에는 너무나도 성실한 하루를 보내는 사람들의 이야기가 넘쳐났고, 그 흐름처럼 새벽 다섯 시에 일어나지 않으면 영원히 인생이 바뀌지 않을 것만 같은 분위기가 곳곳에 만연했다. 좋다는 데는 다 이유가 있을 테니 일단 해보자는 마음으로 출근 전 무거운 몸과 눈꺼풀을 이끌고 나도 한동안 새벽 기상에 도전했었다.

일단 새벽 다섯 시가 되면 귀를 뚫고 들어오는 알람 소리에 겨우 정신을 차리고 책상 앞에 앉는다. 몸은 의자에 있지만 정신은 아직 침대라 머릿속은 안개가 낀 것처럼 희뿌옇다. 이때 일단은 노트를 펴 일기를 쓴다. 영어 단어도 외우고 책도 조금 읽는다. 고요한 시간 동안 그렇게 홀로 깨어 있으면 보다 생산적이어야 하는데 자꾸만 눈은 감기고 침대는 아름다운 노래로 유혹하는 세이렌처럼 나를 불러댄다. 그렇게 미라클 모닝을 지속할수록 눈은 퀭해지고 얼굴은 초췌해지더니 어느 순간 거울 앞엔 10년의 세월을 한번에 맞은 내가 서 있었다. 이건 미라클 모닝이 아니라 미라가 되는 모닝인 듯했다. 그렇게 며칠 만에 내린 결론은 역시 나는 아침형 인간이 아니라는 것이었다.

그런데 요즘은 무슨 일인지 새벽 대여섯 시면 눈이 저절로 떠진다. 평생을 올빼미족으로 살아온 나로서는 진정한 기적의 아침이 찾아온 게 놀라울 뿐이다. 회사에 다닐 때는 밤이 소중했다. 전쟁 같은 출근과 동시에 정신없이 하루를 보내고 밤이 되면 그제야 겨우 나를 위한 시간을 가질 수 있었기 때문이다. 하지만 이제는 알람 없이도 자연스레 눈이 떠진다. 일어나면 창문을 열고 매일 다른 하늘을 확인한다. 구름이 많은 날, 햇볕이 뜨거운 날, 뿌옇게 안개가 자욱한 날. 하루도 같은 날이 없다는 사실을 새삼 신기해하며.

그다음은 '영운독쓰'다. 영어, 운동, 독서, 쓰기를 잊지 않도록 줄여 만든 나만의 루틴 이름이다. 생각 없이 지나다 보면 깜박 잊고 몇 가지를 건너뛰게 되는데, 영운독쓰라는 말을 되새기면 정해놓은 할 일들을 대체로 놓치지 않는다. 우선은 쓰기부터 시작한다. 일기장을 열고 하루의 계획과 소회를 써본다. 경험상 밤에 쓰면 피로 호소와 우울한 한탄이 많지만 아침에 쓰면 희망과 의지가 넘쳐난다. 운동도 가끔 하면 온몸이 쑤시지만 매일 하면 개운한 것처럼 일기도 가끔 쓰는 것보다 매일 쓰는 게 훨씬 수월하다. 덕분에 그렇게 몇 년간 쭉 일기를 쓰고 있다.

일기 쓰기를 마치면 그날 치 영어 공부를 한다. 부쩍 쉬운 철자도 헷갈리고 언어 순발력도 훅훅 떨어지는 게 느껴지기에 언어 실력이 한 걸음 후퇴한다면 두 걸음 앞으로 나가겠다는 의지로 매일 조금씩 감각을 되살린다. 솔직히 공부라고 이름 붙일 만큼 대단한 뭔가는 없다. 게임처럼 배우는 영어 앱과 스피킹을 늘려주는 앱으로 하루씩 진도를 나가고, 의지가 샘솟는 날에는 메일함으로 배달되는 영어 신문 뉴스레터까지 읽는 게 전부다.

이렇게만 해도 시간이 훌쩍 지나간다. 그러다 슬슬

허기가 지면 간단한 식사를 한 뒤 운동을 다녀오고, 오후가 되면 일을 하거나 사람을 만나러 밖으로 나간다. 오전은 밀도 있게 오후는 느슨하게 일정을 배분하면 하루가 훨씬 길게 느껴진다.

물론 매일을 이렇게 정돈되게 보내진 못한다. 어떤 날은 침대나 소파에서 빈둥거리며 남이 만든 콘텐츠를 실컷 소비하기도 하고, 어디 가야지 뭐 해야지 야무지게 준비한 하루 계획도 곧잘 파사삭 어그러진다. 하지만 직접 짠 최선의 루틴을 따르는 날이 쌓여갈수록 생활에 안정감이 생기는 걸 느낀다. 완벽하진 않지만 나름대로의 인생을 예쁘게 썰어서 알차게 소비하고 있구나 하는 안도감.

나만의 루틴은 일상이라는 배를 앞으로 나아가게 하는 노젓기다. 배가 흔들리지 않고 앞으로 나아가려면 적당한 속도로 계속해서 노를 저어야 한다. 지치지 않을 정도의 힘으로 내 속도에 맞춰 꾸준히 노를 저어가는 가지런한 일상. 되도록이면 이런 하루하루를 꾸준히 이어나가고 싶다.

1일은 1보다.
하루는 한 걸음이니까.
모든 한 걸음에 감사를.

산토리 보스 TV광고 (2020)

글쓸 결심과 만년필

무라카미 하루키의 『달리기를 말할 때 내가 하고 싶은 이야기』는 내가 무척 좋아하는 책 중 하나다. 그가 들으면 억울함에 가슴을 칠 소리지만 사실 예전에는 쳇 베이커 풍의 재즈 음악을 들으며 느긋하게 허송세월을 보내는, 일종의 멋에 도취된 사람이라 생각했다. 그런데 이 책을 읽고 모든 게 완벽한 오해였음을 깨달았다. 그는 이미 몇 차례의 마라톤을 완주하고 철인 3종 경기를 준비하면서도 매일 여섯 시간씩 꾸준히 글을 쓰는, 작가의 탈을 쓴 수도자였던 것이다.

하루키는 어느 맑은 날 야구장 외야석에서 공이 배트에 맞는 소리를 듣곤 '그래, 소설을 써보자' 하고 결심했다 한다. 그러곤 그는 신주쿠의 한 서점에서 바로 원고지와 만년필을 샀다. 책에서 이 구절을 읽은 순간 나 역시 새로운 결심이 떠올랐다. 그래, 나도 뭔가를 써보자. 그럼… 만년필부터 사야지. 내겐 무엇이든 시작할 때 장비부터 사는 버릇이 있다. 일단 장비를 갖춰야 앞으로 나아갈 힘을 얻는다는 핑계로 달리기를 결심하면 러닝화와 러닝복을, 유튜브 촬영을 결심하면 카메라와 마이크를, 등산을 결심하면 등산복과 등산화를 먼저 샀다.

새로운 글쓰기 작업을 위해선 마음에 드는 만년필과 그에 어울리는 잉크, 필기감을 최상으로 끌어올려줄 노트가 필요했다. 하지만 좋은 만년필은 생각보다 가격대가 높았고 마음에 드는 것들은 한정판이라 당장 구할 수도 없었다. 이 세계도 잘못 빠지면 오디오나 카메라처럼 가산을 탕진하기 딱 좋겠구나 싶었기에 우선 활짝 열리려던 지갑을 걸어 잠그곤 나 자신과의 싸움을 시작했다.

사실 글쓰기란 백지 한 장과 연필 한 자루면 시작할 수 있는 건데 꼭 값비싼 만년필이 필요한가 하는 이

성적 질문을 먼저 던졌다. 하지만 곧이어 내 안에서는 이건 일종의 창작을 위한 투자라는 답변이 돌아왔다. 수많은 작가가 만년필로 글을 쓰지 않았는가. 존경하는 박경리 작가는 몽블랑 마이스터스틱 149로 토지를 썼다는 기록도 있다. 헤밍웨이는 워터맨 커뮤니티 펜으로, 나쓰메 소세키는 오노토로, 하루키는 세일러로 첫 원고를 썼다. 만년필이야달로 쓰는 사람이 누리는 즐거움이자 필수품이 아닌가!

이미 만년필 검색 삼매경에 빠진 내겐 양심의 소리가 점점 멀어졌고, 결국 새 부리 모양의 클립이 달린 한 자루를 주문하고야 말았다. 금색 축에 연두빛 자개가 은은하게 빛나는 만년필은 처음 잡은 예산을 한참 넘겼지만 창작을 위한 투자라는 기적의 논리로 스스로와 타협한 결과물이었다.

국내 사이트에서 결제하고 토론토에서 받으려다 보니 오랜 기다림 끝에야 내 손에 들어온 만년필은 단순한 필기구가 아닌 결심의 오브제였다. 뚜껑을 열고 손끝으로 만년필을 잡는 순간, 나는 마치 하루키처럼 비장하게 달리기 출발선에 선 마라토너가 된 기분이었다. 만년필의 뚜껑을 돌려 여는 행위는 손목을 푸는 준비운동 같았고, 펜촉을 조심스럽게 잉크에 담갔다 올리는 건 출발선에서 깊게 들이쉬는 호흡 같았다. 그리고 마침내 펜촉을 종이 위에 올려놓는 순간, 글쓰기라는 장거리 달리기가 시작되었다. 만년필은 자꾸 쓰고 싶게 만드는 힘이 있었다. 펜 끝의 움직임에 따라 달라지는 글씨의 표정, 펜 끝이 종이를 스칠 때 가볍게 들리는 사각거림. 일단 쓰다 보면 잉크처럼 생각들이 술술 흘러나왔다.

그러다 문득 만년필이라는 단어를 곱씹어보았다. 만년필의 '만년'에는 1만 년이라는 시간이 들어 있다. 영어로는 '샘처럼 마르지 않는 펜Fountain pen'이라는 뜻이고 한글로는 '만년을 쓰는 펜'이라는 의미다. 100년을 100번 살아야 채울 수 있는 길고 긴 시간이 1만 년이다. 이 글을 쓰는 지금이 2025년이니 이름대로라면 1만 2025년까지 쓸 수 있는 셈이다. 생각이 여기까지 이르니 펜을 잡은 손이 절로 경건해졌다. 혹시라도 이 펜이 나보다 오래 살아남아 몇 백 년 후까지 누군가의 손에서 기록을 이어가고 있다면 얼마나 멋진 일일까!

상상의 나래를 펼치다 보니 이 펜이 위대한 문인의 손에 쥐어졌더라면 언젠가 박물관 유리장 속에서 감탄 어린 시선을 받았을지도 모르는데 하필 나에게 오게 되어 괜스레 미안한 마음도 들었다. 하지만 위대한 문인의 발끝 근처라도 가보려는 노력은 누구나 할 수 있는 것 아니겠는가. 셰프가 칼을 쥐고 요리를 익히듯 나는 만년필을 쥐고 글쓰기를 연습하겠다고 다짐했다. 부디 이 묵직한 다짐에 어울리는 의미 있는 문장 하나라도 건져 올릴 수 있기를 바라며.

펜 하나만으로
세상을 웃게 하거나 울게 할 수 있다.

파이롯트 인쇄광고 (2024)

어느 발모광의 고백

신경 쓰이는 일이 있을 때면 나도 모르게 머리카락을 만지는 습관이 있다. 생각이 안 풀리거나 대책 없는 아이디어를 붙들고 있을 때면 손끝으로 머리카락을 만지작거리다가 어느새 슬그머니 뽑곤 한다. 무의식적으로 올라간 손을 흠칫하며 내린 적이 한두 번이 아니다. 모기에 물리면 자꾸만 긁고 싶어지는 것과 같은 논리다. 정신 차리고 만지지 않겠다며 머리를 하나로 질끈 묶어 봐도 어느새 묶은 머리 끝을 만지작거리고 있다. 심할 땐 잠을 자면서도 뽑아대는 바람에 이불엔 머리카락이

수북하고 아침이면 머리를 뽑은 한쪽 팔이 뻐근하게 아
플 지경이다.

상황이 이쯤 되니 주변에 머리카락이 얼마나 빠져
있는지가 스트레스 상황을 보여주는 실시간 안내판이
되었다. 머리카락이 없다면 스트레스 지수 0, 열 가닥
이내라면 스트레스 약간, 100가닥 이상으로 수북히 빠
져 있다면 스트레스 고위험 상태. 이런 식이라면 머리
카락으로 크리에이티브 수준을 판단할 수도 있겠다는
생각이 들었다. 이 안은 236가닥으로 만들었습니다. 심
혈을 기울인 거죠. 이 카피는 열두 가닥이 들어간 거라
그런지 좀 아쉽네요. 이번 캠페인은 578가닥 정도로 만
들어보겠습니다….

그러다 이게 단순한 습관인지 아니면 다른 이유 때
문인지 궁금해진 나는 장난삼아 포털 창에 머리를 뽑는
행동에 관해 검색했다가 심장이 철렁 내려앉았다. '발
모광'이라는 강박증 증상을 발견한 것이다. 그저 머리
를 좀 과하게 만진다 싶었는데 정신 질환의 한 종류일
줄이야.

스트레스는 직장인의 입사 동기다. 어깨 위에 동
자귀신이 올라탄 듯 뒷 목과 어깨가 돌덩이처럼 뭉치
고, 신경 좀 썼다 하면 바로 나타나는 과민성대장증후

군은 시시때때로 배를 괴롭힌다. 밤새 이를 악 물고 자는지 아침이면 턱관절이 얼얼하고, 찌릿한 편두통은 '당신이 머리 아픈 건 남보다 열정적이기 때문입니다' 같은 긍정의 화신 카피마저 세상에 나오게 했다. 예전에는 스트레스를 받지 말라는 조언을 들으며 속으로 생각했다. 어떻게 스트레스를 안 받지? 마음대로 조절할 수 있을 정도로 그렇게 호락호락한가? 그런데 지금은 안다. 스트레스는 생각보다 호락호락할 수 있다는걸.

슬슬 건강에 적신호가 켜지기 시작한 후로 나는 스트레스 호르몬인 코르티솔을 본격적으로 관리해보자 결심했다. 한 연구에 따르면 독서, 음악 감상, 커피 마시기, 산책 순으로 스트레스 해소에 도움이 된다고 한다. 이를 알게 된 나는 그렇다면 더 빠른 스트레스 해소를 위해 이 모든 방법을 총동원하면 가장 좋은 것 아닌가 하는 생각이 먼저 들었다. 커피를 한 잔 사서 음악을 들으며 산책을 하다 잠시 멈춰 독서를 하면 대체 스트레스가 얼마나 감소된다는 말인가! 하지만 해소보다 중요한 건 처음부터 스트레스가 쌓이지 않게 하는 것이다.

내 스트레스의 원흉은 스스로에겐 야박하고 남에

겐 관대하게 살아온 시간들이었다. 오랜 시간 나는 나 자신과 싸우며 살아왔다. 세상에 맞서 싸울 일도 많은데 자신과의 싸움이라니. 다른 사람들 걱정만 하며 타인에게 맞춰 살던 나는 언제부터인가 질문을 바꿨다. 이게 내가 원하는 일인지, 과연 내가 하고 싶은 일인지 묻기 시작한 것이다. 그렇게 남이 아닌 나를 새로운 상사로 모시며 세심하게 살피기 시작하니 몸과 마음에 신기한 변화가 찾아왔다. 놀랍게도 뭉친 어깨가 저절로 풀리고 딱딱했던 귀가 말랑말랑해진 것이다. 혈액순환이 안 돼서 차가웠던 손발도 제 온도를 찾았다. 편안해진 마음이 얼굴에 드러난 건지 인상이 온화해진 것 같다는 이야기도 듣기 시작했다.

스트레스는 여러 도습을 한 신처럼 다양한 형태로 우리 곁에 있다. 폭식, 음주, 무한 쇼츠, 쇼핑 중독, 그리고 누군가는 나처럼 머리카락 뽑기로 발현될지 모른다. 그래도 저마다의 스트레스가 어떤 형태로 나타나든 분명 해결할 방법이 있을 것이다. 물론 나 역시 완벽히 고치진 못했지만 해결해야겠다는 결심을 세우기만 해도 스트레스가 조금씩 사라지는 기분이 든다. 참고로 이 글은 처음부터 작정하고 머리를 돌돌 말아 묶은 뒤 쓴 글이라 열 가닥 이하의 머리카락이 사용되었다….

좋아하는 나를,
무너뜨리지 않는다.

레브론 TV광고 (2025)

인생은 뒤집힌 양말 같아서

재직했던 회사의 인재개발원은 산 좋고 물 좋은 도심 외곽에 자리 잡고 있었다. 간판만 없다면 기도원이나 단식원으로 오해받기 딱 좋은 곳에 교육원을 만든 건 잠시나마 이곳에서 지친 업무를 잊고 몸과 마음을 환기하라는 배려일 것이다. 눈코 뜰 새 없이 바쁠 때 교육 일정이 잡히면 일도 많은데 무슨 교육이냐며 구시렁대기 일수였지만, 막상 교육원에 들어가면 공짜로 밥도 주고 공부도 시켜주그 잠도 재워주니 학창 시절로 돌아간 듯 괜스레 들뜨기도 했다.

　그 많던 교육 중에서도 유독 기억에 남는 시간은 승진을 앞두고 있던 때로 기억한다. 어찌 된 일인지 당시 수백 명의 교육생 중 여성 직원은 나를 포함해 단 몇 명뿐이었고 덕분에 우리는 자연스레 가까워졌다.

　식사 후 휴게실에 모인 우리는 커피 한잔과 함께 직장 생활의 희노애락을 나누느라 시간 가는 줄을 몰랐다. 직원들이 주는 밝은 에너지 덕에 힘이 난다는 사람부터 회사가 너무 좋아 오래 다니고 싶다는 사람까지, 나보다 선배인데도 그들은 여전히 직장 생활을 즐기고 있었다. 부서원들과 좋은 관계를 유지하고 있다는 이야기, 회사에서 영업 능력을 인정받고 있다는 자랑 아닌 자랑을 쏟아내며 호탕하게 웃는 그들에게서 힘든 직장 생활을 이겨낸 여전사의 기운이 뿜어져 나왔다.

　대찬 기개에 살짝 기가 눌리려는 찰나, 갑자기 한 사람이 슬쩍 속 이야기를 비쳤다.

　"그런데 저는 일 때문에 술을 안 마실 수가 없어요. 암 수술도 받았는데 말이에요."

　그러자 다른 사람도 슬며시 속마음을 꺼내놓았다.

　"실은 저도 회사에서 쓰러져서 구급차 부른 적이 있어요. 며칠 입원하고 이유도 못 찾았지만요."

　이 주제라면 나도 할 얘기가 많았기에 갑상선 이

상에도 사무실에 야전침대를 갖다 놓고 일했던 이야기를 슬쩍 더했다. 갑작스레 시작된 어둠의 고백은 줄줄이 이어지기 시작했고 대화 분위기는 순식간에 뒤집혔다. 행복한 직장 생활, 사랑받는 팀장, 부러움을 사던 커리어 우먼의 모습 뒤에 숨어 있던 또 다른 얼굴이 드러난 것이다.

말 그대로 동병상련을 나누자 동료애를 넘어선 동지애가 솟아났다. 모두 치열하게, 간절하게, 씩씩하게 이 자리까지 온 것이구나 못 이기는 술을 마시며, 잠 못 드는 밤을 보내며, 문 앞에서 우는 아이를 떼어 놓으며, 진통제를 털어 넣으며 이를 악물고 힘든 순간을 버텼지만 몸은 버티지 못하고 무너진 시간이 있었구나.

대화를 나누다 보니 문득 예쁜 그림이 수놓아진 양말이 떠올랐다. 겉면에는 웃는 얼굴, 화려한 꽃, 귀여운 강아지 그림이 수놓아져 있지만 정작 그 속을 뒤집으면 서로 엉켜 있는 색색의 실밥들이 드러나는 양말. 우리가 모두 그 뒤집힌 양말 같은 존재라는 생각이 들었다. 겉으로는 아름답고 찬란해 보이지만 속으로는 엉키고 꼬인 실밥들을 숨긴 채 살아가는 그런 존재 말이다.

인생에는 누구에게나 1인분의 아픔과 괴로움이 있다. 고된 업무에 몸이 탈 나는 사람이 있는가 하면 끝없는 야근에 마음이 지치는 사람이 있다. 또 누군가는 조용히 혼자 상처를 삭이고 누군가는 웃는 얼굴로 번아웃을 감추기도 한다. 겉으로 보기에는 다들 잘 살고 있는 것 같지만 사실 내면은 엉킨 실밥처럼 복잡하고 상처투성이일 때가 많다.

진짜 인생은 뒤집힌 양말 속에 있다. 아무리 화려해 보이는 인생이라도 감춰진 뒷면을 떠올려본다면 마냥 부럽지만은 않을 것이다. 아무리 남과 다르게 살아보려 해도 사람 사는 일은 모두 거기서 거기다. 그러니 보이는 것만으로 우위와 열위를 매길 필요가 없다. 그저 서로의 엉킨 실밥을 들여다보고 마음의 주름을 이해하는 다정한 타인이 될 수 있다면 그걸로 충분한 거 아닐까.

> 보이지 않는 것과 싸운 일 년은
> 보이지 않는 것에 지지된
> 일 년이라고 생각한다.
>
> 칼로리메이트 TV광고 (2020)

행복에 관한 작은 연구

행복한 사람이 되고 싶었다. 그리고 그 행복은 분명 일 속에 있을 것만 같았다. 어린 시절 좋아했던 티르티르와 미티르가 찾아 헤맨 파랑새처럼 행복은 일터라는 숲 어딘가에 살고 있을 것 같았다. 한때는 어떤 직장을 다니느냐가 내가 누구인지 말해주는 것 같았고 어떤 일을 하는지가 삶의 온도를 바꿨다. 잘하고 싶은 마음이 너무 커서 스스로를 몰아붙인 날도 있었고 일의 실패를 곧 나의 실패로 받아들이며 지쳐버린 날도 많았다. 그렇게 고단한 시간들을 오래 지나고 나서야 비로소 조금씩 원하는 삶의 조각들이 보이기 시작했다.

일이 내게 가르쳐준 건 아이러니하게도 일상의 소중함이었다. 하필 이름도 '일'이어서 마치 인생의 일 순위이라고 곧잘 착각하기 쉽지만 평범한 일상이야말로 일과를 마친 후 누릴 수 있는 상, '일이 주는 상'이다. 지속 가능한 일상을 위해선 일이 필요하고 지속 가능한 일을 위해선 일상을 잘 돌봐야 한다는 걸 한참이 지나고 나서야 조금씩 깨달았다. 일과 삶의 균형이란 무 자르듯 반반으로 나누는 게 아니었다. 어떤 날은 일로, 어떤 날은 일상으로 오디오 이퀄라이저처럼 균형을 맞추며 나만의 중심을 지키는 과정이 필요했다. 결국 내가 찾던 행복은 일과 일상이라는 두 세계 사이를 오가며 조금씩 성장하고 있었다. 그걸 깨닫고부터는 행복을 일에서만 찾지 않고 일상 속에서도 찾기로 결심했다. 하루에 기분 좋은 온기를 만들어주는 작은 습관들을 곁에 두기로 한 것이다.

가장 먼저 실천한 건 나에게도 남에게도 친절해지는 것이었다. 뒤따라오는 사람을 위해 잠시 문을 잡아주고, 낯선 이와 눈이 마주치면 웃음으로 인사하는 일. 작은 행동이지만 친절을 나누는 순간 내 마음도 따뜻해졌다. 매일 아침 오늘 치의 친절을 쌓는다는 마음으로 하루하루 작은 친절을 베풀기로 다짐했다.

작지만 꾸준한 루틴을 만들고 지키는 건 무너진 일상을 회복하는 힘이 되었다. 아침에 짧은 일기를 쓰거나 일주일에 한 편씩 아무 글이라도 쓰고, 단 10분이라도 집 밖을 나가 걷는 것. 식물성 인간인 내겐 틈틈이 광합성을 하듯 볕을 쬐는 게 여러모로 좋았다. 햇빛이 갓 태어나 신선한 오전에 볕을 따라 걸으면 그럭저럭 잘 살아가고 있다는 안도감이 들었다. 가끔은 고생한 나에게 맛있는 초콜릿 같은 작은 선물 하나씩 사주는 것도 좋았다. 작은 성취가 무기력을 탈출하는 열쇠라던 이야기는 정말 사실이었다.

최대한 몸을 움직이려는 노력도 쉬지 않았다. 운동은 일본어로 '운을 돌린다'는 의미로 풀이된다고 한다. 잘못된 방향으로 나아가는 운을 되돌리고 다시 좋은 운을 흔들어 깨우기 위해 스트레칭도 하고 가까운 거리는 걸어 다니며 천천히 나만의 방식대로 가벼운 운동을 이어갔다. 새로운 걸 배우는 시간도 도움이 되었다. 스페인어 같은 낯선 외국어를 처음 배우면 신이 난다. 어제까지만 해도 모르던 새로운 단어 하나를 익히는 것만으로도 이전과 다른 사람이 되는 기분이 들기 때문이다. 어쩌다 배운 단어가 좋아하는 노래에 등장하기라도 하면 그렇게 반가울 수가 없다. 스스로 찾은 어른의 배움에는 소소한 성취감과 즐거움이 따라왔다.

생각보다 음식도 중요하다. 나라는 사람은 내가 먹은 것으로 이루어지는 존재다. 신경 써서 좋은 것을 챙겨 먹은 날에는 몸도 좋은 반응을 보내니 결국 잘 먹는 게 나를 돌보고 삶을 돌보는 일이다. 스스로가 멋져 보이는 일을 하는 것도 좋다. 내 경우엔 어렵게 생각하던 벽돌책 읽기를 마치고 뿌듯해하는 나 자신을 좋아한다. 남들의 시선을 떠나서 내가 볼 때 괜찮다고 여기는 무언가를 하는 건 내가 조금 더 좋아지는 이유가 된다. 마지막으로 무엇이든 너무 많이 원하지 않으려 한다. 가진 능력을 훨씬 뛰어넘거나 절대 취할 수 없는 것은 간절히 원할수록 갖지 못했다는 허탈감만 느끼게 할 뿐이다. 무언가를 많이 바라는 대신 이미 가진 것들의 의미를 잘 곱씹어보자는 게 내 다짐이었다.

결론적으로 인생을 '열심히' 살기보다 '즐겁게' 살기를 연습 중이다. 모든 일을 다 열심히 하면 언젠가 지치는 때가 오기 마련이다. 더 열심히 할 일과 덜 열심히 할 일, 힘 쓸 곳과 덜 쓸 곳을 구분해 선택과 집중을 하는 건 좋은 에너지를 유지하기 위해 꼭 필요하다. 가령 나는 요리하는 걸 좋아하지 않기에 음식을 만드는 데

들이는 시간을 단축해주는 간편식을 활용하고 거기서
번 시간을 좋아하는 일에 쓰는 편이다. 다 잘하지 않아
도 괜찮다는 걸 인정하면 생각보다 삶이 편해진다.

　행복은 거창한 무언가가 아니라 매일을 소소하게
잘 살아보려는 부지런한 마음에서 자라난다. 일을 아끼
고 일상을 소중히 여기며 내 방식대로의 하루를 관리하
고 지켜가는 게 내가 찾은 행복의 얼굴이다. 오랜 시간
을 건너 이제서야 나를 아끼며 지속 가능한 방식으로
일하는 법을 조금 배운 듯하다. 자신에게 맞는 속도를
알아채기까지 시간이 좀 걸릴지 모르지만, 결국 꼭 맞
는 삶의 속도를 알게 되면 온전한 나만의 행복을 누릴
수 있을 것이다.

작은 행복은
여기저기에 굴러다니고 있다.
작은 행복을 모은다.
적당한 행복이면 충분하다.

어스 뮤직 앤 에콜로지 TV광고 (2017)

"친구란 뭘까?"
하얀 송아지가 물었어요.

"친구는 나보다 내 마음을 잘 알아."
"언제 만나도 반가운 거!"
"같이 있으면 웃음이 나고."
"마음을 기댈 수 있는 거지."

사자와 사슴도 입을 모았어요.

"함께할수록 행복해지는 게 친구야."

가장 가까이에서 힘이 될게요.

함께 가는 친구, 롯데

기업 광고는 언제나 어렵다. 전해야 할 것은 많고, 그 모두를 하나의 이야기로 설득력 있게 담아야 하기 때문이다. 이 캠페인은 흰 소의 해를 맞아 연말연시의 따뜻한 응원을 한 편의 동화처럼 풀어낸 안이었다. 새해 광고로 기획된 터라 온에어 날짜는 이미 정해져 있었고 제작 시간도 넉넉지 않았는데, 새로운 캐릭터를 만들고 애니메이션까지 더해야 하는 꽤나 까다로운 안이 결정된 상황이었다.

그림과 영상의 호흡을 맞추기 위해선 사전 단계부터 치밀한 조율이 필요했다. 다행히 손 빠르고 적극적인 일러스트레이터를 찾았고, 동물 친구들은 순식간에 하나둘 모습을 갖춰갔다. 센스 있고 부지런한 감독님과 스태프들 덕분에 광고는 무사히 제날짜에 전파를 탈 수 있었다. 특히 어린이들의 사랑을 받은 동물 친구들은 봉제 인형과 이모티콘으로 제작되어 일상 곳곳에서도 활약했다. 빠듯한 일정 속에서도 끝까지 호흡을 맞춰준 마음들. 함께라는 사실만으로 마음 놓이던 프로들. 그들은 모두 나의 고마운 친구였다.

보름달의 시기, 초승달의 시기

사람에게는 보름달의 시기와 초승달의 시기가 있다. 내 보름달의 시기는 회사를 떠난 후 찾아왔다. 매일 새로운 일을 시작했고 안팎으로 낯선 사람들을 만나는 재미를 누리느라 하루가 짧았다. 예상치 못한 즐거운 일들이 쏟아지며 꿈꾸던 강연과 강의 기회까지 생겼다. 업무 연락이 쉴 틈 없이 날아들었고 SNS 콘텐츠와 뉴스레터 구독자도 조금씩 늘어났다. 빛을 가득 품은 보름달 같은 날들이었다.

하지만 달이 차고 나면 다시 기울듯 다음 해에는

이국 땅에서 초승달의 시기를 맞았다. 만나는 사람은 인생 최저치를 기록할 만큼 줄었고 밖으로 나가는 일도 적었다. 많은 시간을 집에서 보냈고 삶의 속도도 천천히 느려졌다. 메신저에 뜨는 이름이 누구인지 기억나지 않으면 모르는 사람이다 여기며 연락처를 정리했고, 남아 있던 몇 개의 단톡방에서도 조용히 빠져나왔다. 삶이 간결해지니 일상이 단순해졌다. 군더더기 없이 홀쭉해진 하루는 마음까지 가볍게 만들었다. 마치 빛이 나간 자리에 어둠이 찾아와 고요해진 초승달 같은 날들이었다.

　　이 책은 초승달의 시기에 쓰기 시작했다. 캐나다에서 혼자만의 계절을 보내고 있을 때 감사하게도 책을 써보자는 제안을 받은 것이다. 그때 문득 마음속에 새로운 달이 떠올랐다. 기울어가던 마음의 달이 다시 차오르길 바라며 일에 대한 단상들을 글에 담았다. 그리고 하나하나 쓰다 보니 잊고 있던 시간들이 떠올랐다. 중독이라도 된 듯 일에 파묻혀 보낸 나날, 작은 영광의 시간과 소소한 치욕의 순간, 잘한 일과 잘못한 일, 다시 돌아가고 싶고 또 다시는 돌아가고 싶지 않은 기억. 글을 쓰며 그 모든 시간이 성장을 위한 자양분이었다는 걸 알게 되었다. 미숙했던 시간들을 다시 들여다보기도 했다. 혹여 그때의 나로 인해 상처받았던 이들이 있다면 여기서나마 늦은 사과를 전한다. 부디 이 책이 지난 실수를 통해 배운 것을 진솔하게 나누는 기록으로 기억되길 바란다.

내 글을 처음 발굴해준 문주영 편집자님, 빛나는 아이디어를 더하며 계속 쓰도록 응원해준 김혜원 편집자님, 처음 만났을 때부터 백번은 만난 것처럼 친근했던 최혜리 편집장님까지. 월북 분들께 깊이 감사드린다. 얼굴도 모르는 제자를 위해 기꺼이 추천사를 써주신 인생의 스승 손석희 교수님, 불쑥 찾아간 후배의 청을 기꺼이 들어주신 최인아 대표님, 살아갈 힘을 다 써버린 것 같을 때 펼쳐 읽고 싶은 추천사를 써주신 박서련 작가님께도 고개 숙여 감사의 마음을 전한다. 멀리 타국에서 새로운 인생을 쌓아가는 사랑하는 따롱과 늘 다정한 마음을 보내주는 가족, 읽기 전부터 내 글을 응원해준 모든 분들께 마음 깊이 감사 인사를 전한다.

달은 차고 기울기를 반복한다. 기우는 날이 지나면 머지않아 보름달처럼 가득 찬 날들이 다시 찾아온다. 지금은 손톱만 한 초승달의 시기를 보내고 있을지라도 언젠가 우리의 날들은 다시 환하게 빛날 것이라 믿는다.

2026년 1월 겨울
박윤진

다정한 기세

지치지 않고 좋아하는 일을 계속하는 용기

펴낸날 초판 1쇄 2026년 1월 28일

지은이 서울라이터 박윤진

펴낸이 이주애, 홍영완

편집장 최혜리

편집1팀 김혜원, 박효주, 송현근

편집 홍은비, 강민우, 안형욱, 최서영

월북주니어 도건홍, 한수정, 이은일

월북에듀 윤미영

디자인 박정원, 윤소정, 이찬형, 이현진, 박소현

홍보마케팅 김태윤, 김준영, 백지혜, 박영채

콘텐츠 양혜영, 이태은, 조유진

해외기획 정수림

경영지원 박소현

펴낸곳 (주)윌북 출판등록 제 2006-000017호

주소 서울특별시 마포구 동교로19길 28(서교동 448-9)

홈페이지 willbookspub.com 전화 02-323-3777 팩스 02-323-3778

블로그 blog.naver.com/willbooks X(트위터) @onwillbooks

인스타그램 @willbooks_pub

ISBN 979-11-5581-885-5 (03810)

◦ 책값은 뒤표지에 있습니다.

◦ 잘못 만들어진 책은 구매하신 서점에서 바꿔드립니다.

◦ 이 책의 내용은 저작권자의 허락 없이 AI 트레이닝에 사용할 수 없습니다.